KB132804

SpecTator

스펙테이터

BBULMEDIA FANTASY STORY

SperTator

스펙테이터

약먹은인삼 퓨전 판타지 소설

10

Contents

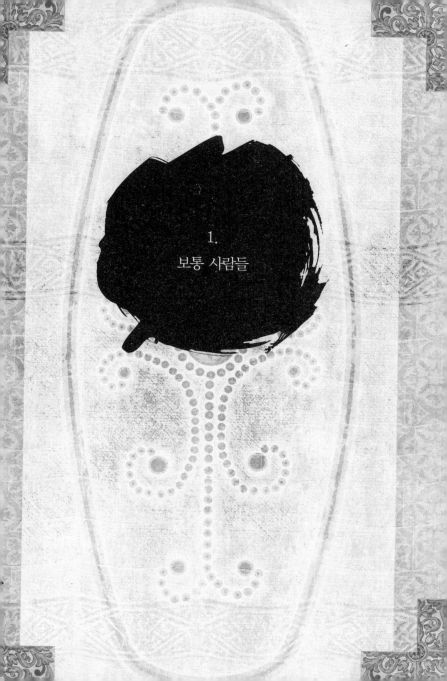

1.
보통 사람들

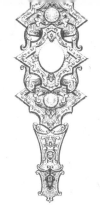

　후끈한 열기에 바작바작 튀겨지는 소리가 요란하게 났다. 불과 기름의 요리라는 중식답게 주방은 뜨겁게 달궈졌다. 그 가운데 은지 일행은 묵직한 무쇠 웍을 한 몸처럼 다루는 박한승의 묘기에 흠뻑 빠져 있었다.

　넉넉한 웃음으로 우리를 반긴 박한승은 자신이 만들 요리와 과정, 그리고 특징을 차례대로 은지와 인터뷰했다. 부주방장을 비롯한 북성반점의 요리사들 역시 웃으며 화기애애하게 카메라를 대했었다. 이미 많은 방송에 겹치기 출연을 해서 나름 익숙해진 덕분이었다.

　그러나 본격적인 요리에 들어갔을 때는 분위기가 돌변

했다. 양 끝에 올라가 있던 입꼬리가 한일자로 쭉 그어졌고 가는 붓으로 그린 듯한 실눈에 까맣고 뚜렷한 동공이 똑똑히 자리했다. 뒤이어 옷을 탁 털고 웍을 잡는 것과 동시에 불꽃이 살아 움직였다.

격파의 달인이라더니 그는 요리 스킬의 장인이었다.

"주방장님께서 요리하실 때는 숨조차 함부로 못 내쉽니다."

혈력과 마력의 어우러짐으로 생기는 박력. 저들의 진지함에 은지 일행이 입을 꾹 다물었다. 처음 나설 때는 의기양양했던 조용수와 허진석은 격파보다도 요리에 압도됐다. 그리고 이들의 어색한 침묵은 완성된 음식의 맛을 본 뒤에야 비로소 해방을 맞이했다.

"기막히네요."

"정말 황홀한 맛입니다."

여러 평가가 있었지만 누구나가 엄지를 추켜올리는 데는 망설이지 않았다. 그도 그럴 것이, 요리 스킬로 기운이 담겨서 보약이랄 만한 효과를 발휘했던 것이다. 음양오행이니 산삼이니 하는 걸 쓰지 않아도 저 자체로 사람을 살리는 약선 요리였다.

"여기서 괜히 격파 실력을 겨루는 건 의미가 없겠어.

격파 달인이 요리하는 게 아니라 요리사가 격파를 취미로 하는 수준이거든."

"그럼 선생님 대신 저희가 다 해볼게요. 그런데 이 정도까지의 달인은 아니셨는데 정말 대단해지셨어요."

"노력은 배반하지 않는 법이지. 그럼 부탁하마."

은지에게 이야기하고 존재감을 지울 겸 은신으로 구경했다. 노숙 생활을 할 때처럼 야영 스킬로 사람들의 마음을 다독이고 이런저런 사는 이야기를 듣는 것 위주였다. 요즘 사는 게 어떤지, 미래인의 일상사를 듣고 다녔다.

그러면서 묘한 이야기를 들었다. 그것은 박한승이 그의 과거와 관련되어 왜 격파를 시작하게 됐는가를 소개하는 부분이었다. 그는 양혁수와 자신이 어릴 적부터 친구이며, 죽마고우라고 했다.

"티격태격도 많이 했었어. 같은 도장 출신이라 자주 붙었거든. 그때 참 많이도 싸웠었지."

그때가 좋았어, 하며 과거를 돌아보는 그는 추억을 회상하는 노인과 같은 모습이었다. 그러고 보면 이번 격파와 관련된 달인, 고수, 랭커로 이어지는 사이클은 모두 양혁수와 관련이 있었다.

강유나나 신진권이 내게 뭘 보여주려는 건지 궁금했다.

"결과는요? 승률은 어떻게 돼요?"

"뭘 물어봐, 그런 걸. 결과야 물론 보다시피 내가 대판 깨졌지. 이겼다면 요리하고 있겠어?"

박한승은 자신의 격파 사연에 뒤이은 이야기로 트라우마를 언급했다.

"너희 셋이 왠지 남 같지 않아서 하는 말인데, 이 부분은 비보도를 약속하고 신중히 듣기를 바라. 대련하다 보면 반드시 쓰게 되는 게 Z&F 제약의 치료제지. 뼈가 부러지고 살이 으깨져도 치료할 수 있는 놀라운 제품. 하지만 잊지 마. 부작용이 매우 크다는걸."

"부작용요? 안전하다고 이미 다 검증됐는데, 그런 게 있었나요?"

"써본 사람들은 다 알지, 사용 횟수에 엄격한 제한이 있다는 사실을."

일반인들한텐 전혀 해당하지 않는 이야기임을 재차 강조했다.

"치료는 천 번을 해도 다 돼. 근데, 이걸 쓰면 쓸수록 누군가랑 싸울 때 귀신을 보는 게 문제야. 헛것을 보는 거지."

"귀신이면 어떤 귀신이죠?"

"나. 자기 자신이지. 걸레처럼 넝마가 된 나라고."

박한승의 피부에 살짝 소름이 돋은 상태였다. 그는 생각하는 것만으로도 몸서리쳐지는 듯 목소리를 스산하게 내리깔았다. 그가 보는 환상이 어찌나 실감 났는지 듣는 이조차 눈에 선하게 그릴 수 있었다.

"내가 당한 부상을 또 다른 내가 가져가서 자기 몸에 새기는 걸 봐. 누구는 여섯 번, 누구는 열 번쯤 되면 그 귀신이 천천히 다가오는데 아무리 도망쳐도 벗어날 수가 없지. 그러다가 가까워지면! 몸이 시체처럼 굳어선 눈을 맞대고 코랑 입술을 마주치며 하나가 되는 거야."

시체의 숨결이 내 폐부에 들어왔다. 그 차갑고 눅눅한 경험을 그는 차마 말로 표현하지 못했다. 몸으로 공포를 표현할 따름이었다. 은지가 불안해하자 조용수가 내게 기어오르듯 박한승에게도 물었다.

"게이 아닙니까?"

그가 크게 웃었다. 동성 간이니 게이가 맞긴 했다.

"아무튼, 사지절단을 비롯한 심한 부상의 치료를 다섯 번 넘기면 그때부터 남이랑 싸우는 건 다한 셈 치면 된다. 무인으로 살고 싶으면 받더라도 Z&F 제약품은 쓰지 마."

"만약에 더 쓰면 어떻게 돼요? 그 유령이 계속 나타나요?"

"만날 옆에 가족처럼 함께 지내게 되지. 안 보이니? 지금 그놈이 등에 타고 있는 거. 점점 무거워서 죽을 지경이야. 시체를 업고 다니는 기분은 정말 불쾌하거든."

힘 빠지고 처절하기까지 한 그의 말에 은지가 비명을 질렀다. 그 소리에 남은 둘과 함께 있던 사람들마저 움찔했다. 그러자 박한승이 박장대소했다. 그는 양혁수와의 대련에 일행이 관심 있어 하는 걸 보고 말을 이었다.

"나나 혁수는 무식해서 보호구도 안 쓰고 붙었어. 남자잖아."

"그럼 지금 격파를 계속하시는 이유도 그거랑 연관 있나요?"

"예리한데? 맞아. 힘은 쓰고 싶은데 대련도 못해, 휘두르는 건 모기한테 해도 귀신이 등에서 빤히 보니 무서워. 그래서 말 못하는 돌이나 때린 거야. 때리다 때리다 보면 나처럼 돌주먹을 갖게 된단다."

이쯤에서 내가 물었다.

"양혁수는 그 치료제를 몇 번이나 썼습니까?"

"모르긴 몰라도 최소 백 번은 될 겁니다."

앞의 이야기와 맞지 않는 소리였다. 이유를 물으니 박한승이 쓰게 웃었다.

"난 도망쳤는데 녀석은 귀신이랑 하나가 됐다더군요. 두려움을 외면하지 않으면 해결된다던데, 말이야 쉽지요. 어떻게 그 시체랑 몸을 포갤 수가 있겠습니까. 믿을 수 없는 소립니다."

고개를 세차게 저으며 부정한 그가 은지 일행의 어깨를 턱턱 두드렸다.

"여하튼! 절대로 싸움 같은 거 해서 다섯 번 이상 쓰지는 마라. 그 정도로 깨지면 그냥 이 길이 안 맞는가 보다 해."

"애써볼게요."

다음은 그가 소일거리 삼아 했다는 격파 시연 차례였다. 가볍게 나무로 시작해서 돌, 대리석에 두꺼운 얼음, 솥뚜껑처럼 때려 부수는 것부터 망치 대신 못을 손날로 쳐서 박는 차력 쇼 같은 묘기를 선보였다.

일찍이 여타 방송에 나온 레퍼토리였지만 강도와 속도가 남달랐다. 이날의 촬영은 조용수와 허진석이 나름 흥

내 낸다고 했다가 아픈 손을 붙잡고 발을 동동 구르는 것을 끝으로 얼추 마무리됐다.

"수고들 하셨습니다."

"고생하셨어요. 홍보 잘되게 부탁합니다."

"물론이죠. 걱정하지 마세요."

뻔하지만 다정하기 그지없는 작별인사를 주고받았다. 가장 많은 시선을 사로잡은 이는 은지였다. 그녀의 일거수일투족은 물론, 잘 보면 쓰고 남은 숟가락이나 자리까지 탐내는 젊은 요리사도 있을 만큼이었다.

스토컨가 싶을 만큼 이상해 보였는데 정작 당하는 은지는 아무렇지도 않은 듯했다.

"공원에서 노래 부르고 이 정도 인기는 일상다반사예요. 저, 달라 보이죠?"

시선을 즐기며 코웃음 치는 그녀는 귀찮은 일을 피하고 유유자적 즐기는 나와는 확실히 다른 성향의 사람이었다. 그리고 콧대 높은 그녀에게는 아주 좋은 두 명의 친구가 함께하니 더욱 금상첨화였다.

"난 올챙이 적 사진이 다 있지."

"방송 초창기부터의 모든 자료가 있다고."

"너희, 자폭하자 이거지?"

"하하하. 장난이라고 장난. 너무 날아 다니지만 마."

가만히 보면 부끄러운 과거까지 공유하고 태연하게 웃어주는 사람이 내겐 없었던 듯했다. 단죄의 펠마돈으로 그나마 하나씩 늘리고 있을 따름이니 은지와 허진석, 조용수는 나보다 나은 면모가 충분한 이들이었다.

저들의 우정이 오래가도록 응원했다.

대한 무도 총맹이라는 이름을 듣고 나는 거대한 빌딩을 생각했었다. 층별로 관리부서가 있으며, 좋은 시설이 잘 구비된 모습이었다. 그런데 막상 도착한 무도 총맹은 넓은 대학교 같았다.

"걸어서 이동했다간 한나절은 걸릴 겁니다."

정문에 크게 놓인 태극을 형상화한 예술적인 조각상을 넘자, 표지판과 양 갈래로 뻗은 도로가 우리를 마중했다.

각 무술별로 최소 축구장 넓이의 땅이 배정될 정도로 특화된 훈련소에다, 일부는 수영장과 편의시설도 갖춘 곳이 무도 총맹이었다.

정문의 경비부터 안내자들의 표정에 당당한 자부심이 보였다. 이른바 명문대의 학생처럼 무도 총맹 소속의 무술가는 엄선된 인재들의 집합이라 했다.

이를 얼추 알고는 있었지만, 막상 마주하는 은지 일행의 표정이 딱딱하게 굳었다.

실전에 대한 압박감이었다. 엘리트들과의 겨룸을 고작 만상수를 조금 맛본 자신들이 한다는 작은 불안감이다. 어찌나 긴장했는지 차에서 내린 다음에 걷는 모양새가 목각 인형같이 어색할 정도였다. 나는 굳이 그 긴장을 풀어주려 하지 않았다.

하나하나 넘어지고 생각하는 것까지 보듬고 풀어주다 간 혼자선 아무것도 하지 못하는 아이가 될 따름이다. 모름지기 책임을 질 줄 아는지 모르는지가 어른과 아이의 차이 아니던가.

'힘내라.'

언제든 지켜보고 있겠다. 좋은 선생을 나는 알지 못했다. 하지만 그릇된 케이스는 누구보다 잘 알았다. 회귀 이전의 내가 빵점짜리의 아버지이자 가장이었으니까. 그러니 반대로만 하면 적어도 중간은 갈 것이다.

과거의 내가 아내는 물론, 아들에게조차 무관심했던 것처럼 외면하지만 않으면 됐다. 상처는 두뇌 흉터는 돌봐주는 것이 선생의 역할이라 믿었다.

운동장 크기의 넓은 연무장의 창문으로 쩌렁쩌렁 울리는 기합이 새어 나왔다. 일행을 마중한 태권도복 차림의 훤칠한 사내가 절도 있게 인사했다.

동양인이라기보다는 내가 올려다볼 만큼 큰 키에 뚜렷한 이목구비 하며, 영화배우 못잖은 이였다.

"수석 사범인 이균홉니다. 이분들이 현대판 도장 깨기의 주인공들이군요. 환영합니다."

그는 전 국가대표였고, 금메달리스트라고 하였다. 패기 가득한 시선으로 그가 한 명 한 명에게 악수를 청했다. 그리고 내 차례에서 무섭게 낯을 굳혔다. 꽉 거머쥔 손에 보통 사람이라면 심한 통증을 느낄 힘이 가득 실려 있었다.

악력을 겨루는 걸까, 했는데 이는 속임수였다. 손바닥을 통해 마력 한줄기가 뼈마디가 시큰하도록 파고든 것이다. 다만 기운의 전진 속도가 느려서 암수라기엔 약했고, 장난이라기엔 음험했다.

무공을 사용하는 자의 등장이었다. 큰 어른이자 최고의 고수에게 나라는 무명의 인물이 도전하니 제자 된 도리로 나름 테스트를 하는 것 같았다. 썩 달갑지는 않으나 이해할 수 있는 시험이었다.

"지금부터 시작입니까?"

체내의 마력으로 단숨에 밀어붙이자 그의 몸이 덜컥였고 어깨가 들썩거렸다. 나는 이균호가 밀어붙였던 딱 그만큼 파고들었다가 마력을 회수했다. 잠깐 사이 그의 몸이 후끈거릴 만큼 체열이 높아져 있었다.

그가 고개를 주억이며 내게 말했다.

"확실히 공문으로까지 내려올 만한 분이었군요. 이상현 씨는 바로 대사부님께 가시면 됩니다. 촬영 팀 역시 저희 쪽에서 준비한 상황이니 모두 수련장을 관람해 주시기를 바랍니다."

"예? 그게 무슨 말씀이십니까?"

이미 다 맞춘 일정이고 순조롭게 진행되는 마당에 느닷없이 축객령을 받은 셈이었다. 방송의 핵심인물이자 메인 이벤트인 고수의 겨룸을 자신들이 촬영할 수 없다니. 불만이 나오는 것은 실로 당연했다. 하지만 이균호는 단호했다.

"방송에 필요한 내용은 확실히 드릴 겁니다. 다만, 일반인분들은 알면 곤란한 내용이 있으니 양해해 주세요. 협조 공문에도 이미 언급됐습니다."

"일반인이 무슨 의밉니까?"

"그냥 무술하는 사람들끼리의 비밀 얘기라는 뜻이었습니다."

그때쯤 군인들처럼 태권도 총맹의 수련제자들이 나와서 저들과 나를 사람의 장벽으로 갈라놓았다.

"이거 여간 당황스러운 게 아니군요. 그래도 오래지 않아 잘 해결될 테니 먼저들 시작하시면 됩니다."

"그, 그럼 도사님만 믿겠습니다."

그렇게 촬영 팀과 은지 일행은 본래 계획하고 생각했던 대로의 일정으로 움직였다. 다행히 은지 일행의 불쾌함은 오래가지 않은 듯했다.

처음의 서운함과 의심을 싹 녹일 만큼 대대적인 환영과 격파, 대련 시범이 이들의 눈을 사로잡았다.

그사이 나는 공동 형태의 거대 수련장의 꼭대기 층으로 이균호와 함께 향했다. 그는 처음 서글서글하게 말했던 것과 달리 단둘이 되자 입을 꾹 다물고 한마디도 하지 않았다.

한참 엘리베이터 대신 계단을 오르던 이균호가 자신의 소임은 여기까지라고 하는 듯, 방향을 가리킨 뒤 내려갔다. 먼발치에 경기장의 VIP 관람석처럼 한눈에 내려다보이는 창이 자리했고 그 중심에 한 사람이 쇠 장식대처럼 미동도 않으며 서 있었다.

머리칼을 깨끗하게 밀고 수염마저 하나도 없이 정돈한 노인을 단박에 알아볼 수 있었다. 고관회였다. 바짝 마른 고목(古木) 같은 그는 눈동자만 굴려 나를 봤다.

시선만으로도 감정을 읽을 수 있었다. 고관회는 격렬하게 부정하여 거진 혐오하는 기색이었다. 나로선 이해가 가지 않았다.

"왜 그리 적대적으로 저를 보는 겁니까?"

들어서며 물으니 한참 눈싸움을 벌인 끝에 그가 고개를 돌리며 말했다.

"이해할 수가 없어서지. 왜 그들이 자네에게 관심을 두는지 말이야."

강유나와 신진권의 이야기이리라. 짐작은 갔지만 의아하다는 표정을 유지했다. 쇳소리처럼 긁는 듯한 목소리로 고관회는 앞뒤 잴 것 없이 바로 말했다.

"나는 광대놀음을 싫어해. 방송 나부랭이에 찍히고 홍보하고 그깟 쓸데없는 짓을 할 바에 자살을 해버리라고 제자들을 가르쳤지. 그런데 오늘, 팔십 평생 몇 번 한 적도 없는 그 짓거리를 하게 됐어."

"그리 싫은 것을 왜 하십니까?"

"그래야 만날 수 있으니까."

현실의 최강 권력자인 신진권과 강유나인가 보다.

"그들이라는 사람인가 보군요."

한데 그는 콧방귀를 꼈다.

"천만에. 그들과는 격이 다른 분이지."

의미 모르는 이야기를 한 고관회가 미간에 내 천(川)자의 주름을 만들고 코를 씰룩였다. 말투와 표정 어디를 봐도 전부 이 상황이 마뜩찮다는 걸 강력하게 외치고 있었다. 반면 나는 강유나와 신진권 이외의 누군가를 언급하는 그로부터 강한 예감을 받았다.

그 두 명과 비슷한 격을 자랑할 인물. 저 꼬장꼬장한 무술가가 정말 싫어하는 짓을 하게 만들 만한 인물이라면 이 계통의 승격자일 것이다.

이용택, 아니면 그녀였다. 나는 이용택이라는 존재가 지금까지 신진권과 같은 급에 있으리라고는 생각지 않았다.

하면, 답은 역시 그녀다.

"이한나입니까?"

아니나 다를까, 실눈을 뜬 것처럼 나를 쳐다보는 것조차 혐오스러워하던 그가 눈을 크게 치켜떴다.

"믿을 수 없군. 그분을 만난 적이 있었나? 하지만 네 겐 징표가 없는데."

고관회는 작은 바늘을 꺼내 보였다. 나침반의 바늘처럼 휙휙 돌던 그의 바늘은 이내 잠잠해졌다. 내게 증표가 있었다면 저 바늘이 나를 정확하게 가리켰을 것이다.

나는 그에게서 다른 이야기를 듣고자 여러 말을 꺼내 보았다. 그러나 고관회는 그럴 때마다 내 말은 들리지도 않는 양 자기 생각만 중얼거렸다. 그야말로 귀가 꽉 막힌 노인네였다.

유일하게 반응할 때는 내가 이한나를 언급할 때뿐. 징표라는 게 뭔지 털끝만큼도 말하지 않던 그에게 질릴 정도였던 나는 극약처방을 쓰기로 했다.

야영과 평화의 불씨를 제대로 운용하기로 하였다.

"예전에 만나뵌 적도 없고 딱히 실수한 것도 없는 거 같은데요. 대관절 왜 저를 그리도 거부하고 싫어하시는 겁니까?"

과연 스킬의 효과가 있어서 점차 고관회의 굳은 낯이 풀려갔다. 비로소 이야기가 시작됐다.

"난 너 같은 치들이 싫다. 알량하게 연습해 놓고는 3월의 행운이 실력인 양 나불거리는 달인이란 족속들 말이야. 단련의 참 의미조차 모르는 놈들이 꾸준히만 했다고 설레발치는 꼬락서니는 정말이지 눈꼴사납지."

고관회가 음모를 획책하는 이 특유의 비웃음을 지었다.

"두고 봐라, 이제 가짜들은 금방 사라질 것이다."

"어떻게 말입니까?"

"이명훈이한테 우리가 힘을 실어줬지. 알량한 근성쯤은 자동화니 하는 거에 다 밀려서 없어질 거야. 피난처랍시고 게임 따위나 즐기겠지. 흥, 끈기 없는 새끼들. 다들 new century에 빠져 현실을 외면해라."

저주에 가까운 말을 툭툭 던지는 고관회였다. 그가 언급한 이명훈은 자동화의 혁신적인 연구결과를 발표했다는 학자의 이름과 같았다.

현실의 변화가 급격하게 일어나는 데는 고관회와 같은 인물들의 전폭적인 협조가 있었다.

그는 근 80년을 오롯이 수련한 사람답게 이 분야에 대한 자부심으로 똘똘 뭉쳐 있었다. 다만, 그의 기준점이 너무도 높아서 10년을 공부한 달인을 저평가하는 것이 나름의 문제였다. 애석하게도 이러한 생각은 그와 비슷한 급의 고수들이 두루 한다고 했다.

독선이다. 오만함이었다.

"Z&F와 전 회장님은 어떤 관계인 거지요? 저는 신진권이나 강유나에게 소속된 줄 알았는데요."

"무도 총맹은 오직 한나 님만 따른다. 다만 그분이 워낙 신선 같으셔서 뵙는 것이 무리였지. 대신 남기신 징표를 모으면 그분이 친히 오신다."

"그럼 저를 상대해 주는 대가로 그 징표라는 걸 받기로 한 건가 보군요."

"정확하게는 너를 쓰러뜨리면 두 개. 죽이면 한 개를 받기로 했지. 마침 딱 두 개가 필요했는데 아주 잘됐어."

가만히 듣던 나는 한 가지 빠진 걸 물었다. 내가 패할 때의 대가는 있는데, 그 반대는 왜 없는 걸까. 이를 물으니 고관회가 픽 웃었다.

"내가 질 리가 없잖느냐."

"길고 짧은 건 대봐야 하는 법입니다."

"웃기는 놈. 달걀로 바위를 쳐봐라."

이쯤 이야기한 그가 양손을 벌렸다가 세차게 손뼉을 쳤다. 손과 손이 맞부딪쳤음에도 범종이 울리듯 묵직한 울림이 삽시간에 룸을 가득 채웠다. 파동은 고가의 장식

품을 산산이 부수더니 강화 유리마저 쩍쩍 금을 내고 와 장창 깨뜨렸다.

중첩된 쇼크웨이브의 변형과도 같은 위용이었다. 밀어 대는 마력의 파동이 내부의 마력들을 삽시간에 바깥으로 밀어내어 공동화 현상을 일으켰다.

내부와 외부를 완벽하게 구분 지은 완전무결한 기파를 뿜었다. 우뚝 선 그는 오롯한 무인의 표상과도 같았다.

"호기심에 당해줬는데, 여러모로 쉽지 않은 능력이군. 하나, 이젠 안 통한다."

고관회는 쓰러진 벽장의 숨겨진 버튼을 눌렀다. 반대 편의 문이 열리며 옆 실내 수련장으로 이어지는 통로가 나타났다.

"나나 벗들이 Z&F의 그놈들과 함께 마귀 새끼들을 얼마나 상대했는지 모르나 보군. 우리가 없었으면 잘난 신진권과 강유나도 패배했을 거다. 와라, 하룻강아지. 네게 진짜 무공이 뭔지를 알려주마."

일갈한 고관회의 몸이 푹 꺼지듯 사라졌다. 마력의 잔 향은 그가 밀폐된 수련장에 있음을 알려줬다. 나는 숨법 으로 혈력과 기력, 마력을 하나씩 일주한 뒤 통로를 걸 었다. 그간 노력하고 몸에 새긴 나의 무공을 확실하게 끌어올리며 감각을 벼린 것이다.

바람처럼 달려 도착한 그곳은 무덤처럼 텅 빈 대회장이었다. 우뚝 선 고관회가 벽을 가리켰다. 각종 무기가 서슬 퍼렇게 즐비했다. 원하는 무기를 가져오라는 의미였다.

"수법을 익혔습니다."

"그래? 하면 많이 배울 수 있겠군, 후배."

무기를 들지 않는다는 것에 급 호감을 보인 고관회가 옷매무새를 정돈하고 예를 갖춰 내게 말했다.

"무신(武神) 이씨 가문의 무예 중 일맥인 태권극무도(跆拳極武道)를 익힌 고관회요."

얕잡아보고 냉소를 치던 그가 고개까지 숙이며 소개하는 모습에 나 역시 몸가짐을 바로 했다.

적의 방심을 이용한다는 얄팍함 따위는 실전에 임하는 저 자세로 보아 헛된 망상에 불과했다.

이씨 가문이라 함은 이용택 가정을 칭함이며, 호법 무예란 것은 후일 그 혹은 한나가 유적의 비전을 수습하며 전수한 무공일 터였다.

나의 만상수와 같은 뿌리이니 원형과 발전형의 대결이라 보아도 좋으리라.

"만상수를 익힌 이상현입니다."

아는가, 모르는가. 그는 내색하지 않았다. 돌로 만든 인형처럼 딱딱한 낯으로 숨을 고를 따름이다. 권투장의 종처럼 뭔가 스타트를 알리는 것이 있을까 싶은 그때, 실내조명이 한순간 바깥에서부터 꺼지며 모여들어 대결장에 집중됐다.

이윽고 그 빛이 사각의 링을 구성하자 바로 직감했다. 그의 발끝이 움직이니 사나운 호랑이처럼 난폭한 투로가 대번에 쇄도했다.

팔순이라는 나이는 단지 숫자에 불과했다. 사납게 치닫는 혈기방장함은 젊은이보다 더하면 더했지 모자라지 않았다.

엄정하게 그의 투로와 공격을 본 나는 우선 내가 지금까지 쌓아온 무력과 견주기로 하고 손을 내밀었다.

'머무르고 어우른다.'

거친 풍파가 몰아칠 때는 어찌함이 옳은가. 두터운 나무는 부러지나 갈대는 꺾이지 않는 법이니, 몰아칠 땐 비켜서고 풍랑은 피함이 현명한 법.

돌아가라, 휘어라. 팔랑이는 깃털처럼, 하늘거리는 꽃잎처럼 순응할지니 이를 만상수의 동조(同調)라 한다.

매서운 파공성이 귓가를 스쳤다. 흩날리는 머리칼이 그대로 부서질 만큼의 경력이 고관회의 주먹에 실려 있었다.

질풍처럼 스치는가 싶었던 고관회가 땅을 찍고 다리를 횡으로 베어왔다. 이는 잘못 느낀 게 아니었다.

휘두르고 후려친 것이 아니라 발길질이 허공을 싹둑 잘라 버린 것이다. 공세에 대한 내 회피동작은 술에 취한 듯, 기절한 양 뒤로 벌러덩 눕는 거였다.

흐느적거리는 문어처럼 몸이 내려앉으니 배와 가슴, 콧날을 스치고 예리한 기파가 지나갔다.

돌려 찼던 고관회의 발이 수직으로 급하강했다. 바닥을 찍자 대회장의 나무 바닥이 쩍 갈라지며 튀어 올랐다. 피하는 그 반동으로 몸이 떠오르자 그의 눈이 형형하게 빛나며 오른 주먹이 허리춤에 확 당겨졌다.

'경지에 오른 정권(正拳)이군.'

마력이 확 가라앉으며 고관회라는 무인 대신 주먹 하나만 급격히 부상했다. 강렬한 플래시처럼 그의 주먹에서 백열하는 빛이 뿜어졌다. 허공에 떠오른, 나라는 표적을 그의 권이 꿰뚫었다.

갈대처럼, 깃털처럼 대응하던 나는 재빨리 한쪽 발끝

을 쪼개진 바닥에 댔다. 대지의 뿌리를 시전하며 양팔을 교차하여 고관회의 권을 손목으로 내려쳤다. 삽시간에 충격파가 대회장 바닥에 고루 퍼지며 천장의 조명이 터져나갔다.

훌륭한 파괴력이었다.

'이게 고수구나.'

내 평가가 부족했다. 단순히 스킬을 얻을 만큼 단련된 무인인 줄 알았다. 그런데 초월자와 한 팀을 이뤄 곤바로스와 싸운 이가 바로 '고수'의 기준일 줄이야. 저들의 실력을 더욱 상향할 필요가 있었다.

대자연의 마력을 필요한 기술에 맞춰 끌어다 쓰는 경지였다. 그러나 내겐 아직 여유가 있었다. 나는 천공수를 오르며 신격을 이룬 몸. 육체의 한계는 불가능이 아닌 불편함의 범주에 있을 따름이다.

쩍쩍 갈라지는 바닥의 틈을 노려 무소의 뿔로 기세를 바꾸었다. 모름지기 모든 무예는 땅으로부터 시작하는 법. 충격파의 여파를 이미 짐작한 나와 달리 고관회는 이런 현상이 일어날 줄 몰랐으리라.

혈력은 코뿔소를 형상화하고 기력으로 공격 투로를 기민하게 헤집는다. 마력으로 뿔을 강화하여 나 역시 왼손을 내뻗었다. 아프리카의 흰 코뿔소는 3.6톤의 무게를 자랑한다. 정확한 정보만큼이나 확신으로 투영하니 깃털 같았던 체중이 중심을 확고하게 잡았다.

팽창한 근육 바깥으로 마력이 짐승을 구현했다. 이에 움찔했던 고관회가 찌르는 나의 뿔을 양손으로 맞잡았다. 이를 악문 그의 머리가 문어처럼 벌겋게 달아올랐다.

"이름을 듣고 혹시나 했더니만, 정말 만천상화산수(萬擅狀和算手)였구나! 무맥의 후예였더냐?"

미래를 나름 공부했다 여겼는데 이건 또 무슨 소리랴.

"그게 뭡니까?"

"모른다? 모른다고?"

바닥에 깊은 고랑을 만들며 밀려가던 고관회의 핏줄이 터질듯 붉어졌다. 완력으로 어쩔 수 없는 중량의 차이로 연신 뒷걸음치는 그의 몸이 대회장 벽에 부딪힌 연후에야 비로소 멈췄다.

꽉 힘을 준 그의 온몸 근육은 피부 호흡을 하듯 마력의 막을 형성하여 몸을 강화하고 있었다. 이른바 호신지기였다. 정지된 시점에서 우리는 힘겨루기를 했다.

"그분의 수발을 드는 호법가문. 나를 비롯한 늙은이들

이 원로로 있는 무도 총맹! Z&F의 사이비를 제외한 모든 무인의 맥이다."

"금시초문이군요, 보다시피 3월 이후 얻은 능력이라서."

"그래, 하나도 모르는 걸 보니 넌 외인이 분명하다. 한데 어찌 호법 무공을 터득한 거지? 혹시 신진권이 만든 놈이냐?"

여전히 뜻 모르는 이야기를 하는 고관회였다. 더군다나 말 자체도 이상했다. 호법이면 가장 가까이서 지키는 이들인데, 이한나를 만나려고 증표를 모은다고 했다. 나는 이를 지적하려다가 고관회의 불편한 표정을 보았다.

이를 빠드득 갈고 있었다. 그는 신진권을 직접 언급할 때마다 홍고추처럼 얼굴이 새빨개져 갔다.

"무슨 일이 있었습니까?"

"있었지. 무공을 훔쳐 배우고 도망했으니까. 자질 있는 꼬맹이라 귀여워했더니 클론이었어. 밀전무공을 제외한 모두를 익힌 다음 놈이 만든 게 바로 가디언들이다."

"가디언?"

"Z&F의 요원이지. 만나지 않았느냐? 경호라는 놈을. 도둑질해서 제 것인 양 떠드는 몹쓸 것들이지."

벽에 파묻힐 듯 밀리던 고관회가 불끈 힘을 주었다. 머리를 앞으로 숙였다가 뒤로 확 벽을 찧은 것이다. 그의 뒤통수와 부딪친 균열 간 벽이 확 함몰되자 그가 몸을 눕힐 공간이 생겼다. 즉각 그의 발이 솟구치며 내 사타구니를 쳐왔다.

이를 막는데 아뿔싸, 방금 부서진 돌의 파편이 내 눈앞에 온 상태였다. 눈이 꿰뚫릴 판이라 급히 고개를 꺾어 피했다. 그러자 형이 풀리며 무소의 태세가 흐트러졌다.

"옳지. 외공이 빈한하구나."

고관회는 압박하던 기세의 변화를 노리고 발을 움직였다. 걷어차고 내지르는 발차기 끝에 하나하나 플래시가 터지듯 번쩍번쩍하는 충격이 파고들었다.

근육을 꿰뚫고 뼈를 시근하게 만드는 힘에 몸이 점차 밀려났다. 다른 짐승과 자연으로 동조할 틈이 없었다. 최소 일격이라도 버텨야 하는데, 그러기엔 현재의 몸은 너무도 내구도가 떨어졌다. 흘리지 못하는 찰나 그대로 사지가 으스러질 것이다.

게다가 발차기의 종류가 실로 천변만화였다. 에일락 반테스가 겪어본 적 없는 각도에다 투로의 향연이었다.

'탐날 만큼 정교한 발기술이구나.'

끝없이 내리치는 소나기였다. 수십 줄기의 삭풍 같았다. 칼과 칼이 부딪치는 new century와 궤를 달리하는 현실 무예의 발재간에 투로마저 이지러질 정도였다. 더군다나 대지의 뿌리를 단박에 알아차리고 공세 틈틈이 하단 공격으로 지반을 대패질하듯 깎아내고 있었다.

현실의 마력은 순순하니 정신력이 허락하는 한 스킬은 무한히 운용할 수 있다. 노력의 정도가 다르다고 자부하는 고관회이니 여간해서는 지치지 않을 터.

중간마다 나 역시 환혼장벽을 응용하여 장력을 때렸지만, 그의 호신지기를 꿰뚫지 못했다.

천장에서 떨어지는 조명과 돌이 반전의 기회를 선사할까 기대했지만, 고관회는 터프하게 해결했다.

"흥!"

이따위 것, 피할 필요도 없다는 듯 머리와 어깨로 그냥 턱턱 맞아버렸다. 보란 듯이 눈에 떨어지는 파편까지 시퍼렇게 뜬 채로 버텼다. 형형하게 빛나는 눈빛이 그야말로 사자의 그것이었다.

반면 단련된 그와 달리 나는 사방으로 손을 휘저으며 낙석을 피하고 막기에 바빴다. 덕분에 더 거침없이 밀리는 중이었다.

투로를 읽고 공세를 흘리는 내 기예는 조금도 부족하지 않았다. 그러나 고수와 겨루기에 현재의 육체는 더 단련할 필요가 있었다.

도중 고관회가 진각을 찍듯 다시금 회축을 전환해 땅을 찧었다. 전 방향으로 퍼지는 파동이 내 몸을 띄우려 하자 나는 자세를 낮추어 버렸다.

그리고 물 흐르듯 움직이던 내 몸이 멈추자 그의 무릎에서 다섯의 투로가 동시에 뻗어 나왔다.

양손으로 환혼장벽을 만들었다. 마력의 벽이 전면을 틀어막는 그때 나는 발바닥을 송곳처럼 찌르는 공격에 껑충 뛰었다. 이런, 당했다.

수평으로 충격파를 퍼뜨리기에 저런 공격은 감안하지 못했다. 틈 하나를 위한 그의 노림수였다. 예상했던 대로 저편에서 씩 웃은 고관회가 올린 무릎이 점멸하듯 사라졌다.

처음의 정권과 마찬가지로 구분 동작이 사라진 그의 발차기에 나는 패배를 인정했다.

"조심하시기를!"

대신 왼손을 뻗었다. 쓰지 않고자 다짐했던 대수인이

불완전한 형태로 펼쳐졌다. 여기에 환혼력을 더하고 빈약한 육신에 제임스를 즉각 투영했다.

세계 저편에서 일그러진 륜을 타고 나의 왼손과 팔뚝이 본신을 입었다.

신격 초현이었다.

"헛!"

기함한 고관회가 몸서리치고 발차기를 막은 내 육장이 그대로 확 꺾이며 어깨까지 들썩였다. 반탄력으로 팽이처럼 도는 몸이 그대로 대회장 4층 창을 뚫고 바깥으로 튕겨갔다.

체공하는 채로 내려다본 아래는 실로 인산인해였다. 소화기를 든 수련생부터 큰 가방을 안아 든 이에다 저편에서 요란한 소리를 내며 빨간 소방차도 오고 있었다. 그리고 이를 은지의 촬영 팀이 열심히 찍는 중이었다.

나는 팔뚝까지 투영했던 본신의 힘을 속히 갈무리했다. 애석하게도 잔존력이 왼팔을 강화하여 자잘한 솜털이 새하얗게 변하고 강철이라도 찢을 괴수의 힘이 어려버렸다. 만상수의 부족함이 낳은 결과이니 반성할 따름이다.

"뭐야? 문은 누가 잠갔어? 지진이래?"

"으악! 저기 뭔가 떨어진다!"

"비켜! 비키라고!"

이대로 떨어졌다간 보통의 학생을 다치게 할 수 있었다. 그래서 보법을 밟는데 여기저기서 솟구친 이들이 나타났다.

몇 미터나 뛰어오르며 나를 받으려는 그들은 태권도복에 택견, 셔츠 차림에 직장인까지 가지각색이다. 무도총맹의 사범들이었다.

'여긴 무슨 초인들 집합손가.'

뒤쪽에 팔짱을 끼고 보는 몇몇 노파와 노인까지 보니 그야말로 실소만 나왔다. 일견하기에도 검도복을 입은 노파는 실 한 오라기도 들어갈 틈바구니가 없는 검계를 구현했다.

역삼각형이 무엇인지 나를 보라는 듯 우뚝 선 거구의 노인을 보니 고관회의 단련된 몸이 나무판자처럼 느껴질 따름이다. 강철 중에서도 강철이 저곳에 있었다.

"괜찮습니다. 괜찮아요."

내미는 손길이 미안하긴 했지만, 이들에게 안겨서 내려왔다간 놀란 은지 일행이 그야말로 좌절할 게 뻔했다. 스승이랍시고 사라졌다가 초주검이 되어 돌아온 셈이니까.

나는 사범들을 수법으로 하나하나 밀쳐 낸 뒤 유유히 내려앉았다.

좌중이 입 떡 벌리는 그쯤 정면에 있던 문이 움푹 꺼졌다. 거대한 망치로 쩡쩡 두드리는 소리 다음으로 경첩이 떨어지며 큰 금속재질의 문짝이 쓰러졌다. 고관회는 나오다가 디딘 발이 아릿한지 몇 번 발을 털었다.

"뭣들 하느냐. 어디 구경났어?"

"전 회장님, 괜찮으십니까?"

"물론이지."

대답하며 목을 좌우로 풀던 그는 사람들의 시선에 자신의 몸을 보았다. 냉동고에 들어갔다가 나온 듯 허옇게 서리가 내린 그의 옷은 바작바작 소리를 내며 부서지고 있었다.

건물처럼 금이 쭉 간 모습이 한 발이라도 내디뎠다간 가루처럼 흩어질 게 뻔했다.

"얼어? 허허, 저런 도깨비 같은 놈을 봤나."

고관회는 이맛살을 찌푸리고 무릎을 움직였다. 대수인과 부딪친 오른쪽 다리가 계속 불편한 모습이었다. 그리 자신의 몸을 보고 나를 응시한 고관회는 도복을 툭툭 털어 몽땅 부서지게 했다.

속옷 차림으로 졸지에 몸을 드러낸 그는 꽉 찬 근육만큼이나 흉흉한 상흔을 보이는 몸으로 당당하게 고개 숙였다.

처음 대련을 시작할 때처럼 예를 갖춘 그의 인사였다.

"대한 무도 총맹의 태권도 부문 1대 회장이자 태권극무도 수행자인 고관회. 만상수의 전인인 이상현과의 대련에서 패배했음을 인정하오. 이 무뢰배가 저지른 무례를 용서해 주셨으면 좋겠군."

좌중이 눈을 휘둥그레 떴다. 반면 눈빛을 번쩍이는 고수들도 있었다. 이균호는 재빨리 고관회에게 새 도복을 가져다주었다. 큰 스승의 노출이 매우 신경 쓰였나 보다.

나는 미사여구 없이 고개를 숙여 화답했다. 고관회는 처음의 불쾌감 대신 미소를 지으며 모두의 시선 속에 도복을 입었다.

"궁금한 것이 많은데 그 대답은 추후 들을 수 있겠지요?"

"물론이오. 다만 지금은 좀 그렇고 내 연락 드리리다."

수긍하자 도복의 허리띠를 질끈 묶은 고관회는 촬영 팀에게 겸연쩍게 이야기했다.

"미안하네만, 당신들 스케줄대로 합시다. 내 이상현이 라는 수행자를 잘못 생각하는 바람에 미처 촬영을 못 하 고 얘기를 마쳤거든. 그… 순서가 어쨌었지? 제자들 겨 루고 사범들 겨루고 나도 하는 그거 말이야."

이균호에게 슬쩍 물어보니 그에 앞서 은지가 고관회에 게 물었다.

"저기, 지금 선생님이랑 겨루신 여파로 건물이 저 모 양이 됐다는 말이세요?"

"그럴 리가. 저건 지진이고 우리는 얼른 도망쳐 나온 걸세. 사람이 지진을 어찌 일으키겠어?"

아무도 믿지 못할 이야기를 한 고관회는 얼른 자리를 피했다. 그렇게 다소 꼬일 법했던 촬영 일정은 본래 취 지대로 이루어졌다.

다만, 이미 일어난 일과 소문은 일파만파로 퍼져 시작 보다 더욱 큰 주목을 받게 됐다.

인기를 얻는 일은 물론 좋은 일이었다. 하지만 모두가 유명해지고 싶어 하지는 않았고, 그 부류에 나와 고관회가 속해 있었다.

그런 까닭에 화끈하게 일을 벌이고 어안이 벙벙한 상
태의 군중을 둔 채 돌아간 고관회와 마찬가지로 나도 함
께 이동했다.

떠난 자의 뒷수습은 남겨진 자들의 몫이었다. 내가 여
기서 살아갈 거라면 입지를 다졌겠지만, 나는 떠날 사람
이었다.

은지에게 언제고 연락하라는 귀띔을 했으니 고관회와
의 방송용 대련이 필요할 때 호출할 것이다. 햇살은 5월
에 걸맞게 따사로웠다.

고관회가 나를 이끈 곳은 고적한 산책로였다. 가득 자
라고 있는 산수유나무가 마침 연노란색의 꽃을 피워, 보
는 즐거움이 있었다.

"나 같은 뒷방 늙은이들이 쉬는 곳이지."

처음 맞이했을 때와 달리 그는 나를 손님으로 대우했
다. 여전히 정광이 어리고 당당한 그의 눈빛이라 패배한
개가 꼬리를 만 것처럼 나에게 고개 숙인 건 아니었다.

자신의 무공이 내게 미치지 못하니 나를 평할 자격이
없다는 것을 인정한 거였다.

"한적하게 얘기하긴 딱 좋군요. 그런데 섭외됐을 때부

터 그렇게 대련하라고 연락받은 겁니까? 첫수부터 거의 죽일 기세던데 말이지요."

"그건 자네 잘못이야. 대처를 못했으면 힘을 빼서 그냥 기절만 시키려고 했어. 그런 응수를 할 줄은 상상도 못했거든. 진즉 알았더라면 엄한 건물 괜히 때려 부수지 않았겠지."

광대놀음이 싫어서 쉽고 빠르게 끝내려 했다고 말하였다. 나는 낙천적인 그의 대구에 고개를 절레절레 흔들었다.

"맞는 걸 누가 좋아합니까?"

"그건 그렇군."

둘 다 웃었다.

"아까까지만 해도 저의 정체를 굉장히 궁금해하셨는데, 이제는 다 필요 없어 보이는군요."

"말했잖아. 난 머리 담당이 아니라고. 자네가 전력을 다해서 죽여야 하는 적인지, 그냥 특이한 후배인지 그런 건 똑똑한 놈들이 결정하는 거야. 아까 그 난리법석을 벌였는데 아직 연락이 없다는 건 자네가 적이 아니라는 거지."

고관회가 위쪽을 가리켰다.

"참고로 여기서 적은 인간이 아닌 종자들을 말하는 걸세."

"인간이 아닌 게 있습니까?"

"왜 있잖나. 귀신이니, 악마니 하는 것들. 원한을 품고 죽은 것들이나 다른 세계에서 오는 이야기 말이야. 없는 줄 알았는데 실제로 그런 게 튀어나오곤 한다네."

만약 내가 그가 말하는 '적'이었다면 어쩔 뻔했느냐 물으니 고관회가 눈을 감았다. 웃고 떠들던 노인 대신 흉물스러운 기뢰처럼 건드리면 폭발할 살상 무기가 있는 느낌이었다.

"그럼 이 늙은이가 미쳐 날뛰는 모습을 볼 수 있어. 아까 한 수를 보니 만만찮은 듯하지만 나도 싸움이라면 이골이 난 놈일세. 누가 적이든 간에 하나는 확실하게 할 수 있지. 같이 죽는 거야."

"자폭 같은 겁니까?"

씩 웃는 고관회의 웃음에서 나는 광기(狂氣)를 보았다.

"그렇지. 아주 흔적도 없이 저세상으로 같이 가는 걸세. 그렇게 동료들이 사도란 종자들을 여럿 보냈거든."

현실에서의 싸움은 생각보다 매우 치열했던 듯싶었다.

천공수에서 접하는 곤바로스의 전력만 생각해도 사실 당연한 부분이었다.

"그 부분 말인데, 자세히 이야기가 듣고 싶습니다. 여러모로 지금 제가 알던 세상과 다른 모습을 보아서 정신이 없거든요."

"아까 내가 말실수한 것들이 궁금한 거지? 3월의 각성이랑 이한나 님, Z&F의 잘나 빠진 둘과 그놈 종자들 말이야."

"무신의 가문 역시 그렇습니다. 들어보니 호법 무공이란 걸 제가 익혔나 보군요."

"그거 말인데, 도대체 어떻게 된 건가? 정말로 3월에 각성해서 만천상화산수를 대성했나? 그보다 자네는 이한나 님을 대체 어디서 봤지?"

재촉하는 그에게 하나씩 답해주었다. 3월에 각성해서 깨달은 게 맞았고 한나를 직접 만난 적은 없다고 했다.

미래에서는 틀리지 않은 이야기였다. 대신 그녀를 처음 들은 태진이의 말을 꺼냈다.

"new century에 미쳐서 사는 친구 녀석이 말하더군요. 난다 긴다 하는 랭커들을 혼자서 끝장내 버리는 부동의 1위가 있다고요. 여자이고 이한나라고 언급한 게 기억났었습니다."

"그 정보만으로 그분이라는 걸 딱 맞췄다는 건가?"

이야기가 어찌 이렇게 연결될 수 있는 거냐며 고관회
는 맨질맨질한 자신의 머리를 쓰다듬었다. 오래가지는
않았다.

대충 고민하더니 아무렴 어떠냐며 산책로의 벤치에 앉
은 것이다. 머리 담당이 아니라는 말대로 직관적으로 모
르는 일은 나쁘지만 않으면 묻어두는 타입이었다.

"3월의 각성이란 침략자들을 물리친 날을 말하는 걸
세. 무당에, 거지에, 서쪽의 마법사랑 주술사 나부랭이
까지 모두가 힘을 합쳤었지."

"신작 영환가요?"

"허허. 진짜야, 영화 이야기가 아니고. 여하간 그리
싸워서 마귀 놈을 물리쳤더니 세상에 좋은 일이 생겼어.
자네처럼 능력이 생긴 이들이지."

한낱 게임이었다면 일부만 움직였겠지만, 현실은 사회
구성원 하나하나가 모두 살아 움직이는 거대한 시스템이
었다.

변화에 대응하는 각계각층의 움직임은 동시다발적인
상황에 스스로 룰을 부여하고 감시하기를 게을리하지 않

았다. 내겐 적잖은 귀감이 됐다.

우리가 세상의 격을 끌어올린다고 세계를 관리하는 방식을 선택했던 건 자식이 바르게 크기를 바라는 마음으로 학교부터 학원까지 오만 가지 것을 다 통제하려는 극성스러운 부모나 마찬가지였을지도 모르겠다.

"임의로 우리는 각성자라고 부른다네. 땀 좀 흘리고 열심히 한 게 있으면 거기에 특별한 힘이 깃드는 축복이었지. 이건 자네도 몸소 느끼고 있는 거니까 딱히 더 말 안 해줘도 되지?"

"예. 두 달간 여러 사람 만나면서 저도 많이 알았습니다."

"그래. 다만 각성자에게도 차이가 있어. 그건 내공을 자유로이 쓰느냐 아니냐로 보면 돼. 예컨대 자네나 나는 자유롭게 내공을 운용할 줄 알지만, 각성자 나부랭이들은 기계처럼 딱 하나에서만 쓸 수 있거든. 제 것이 아니라 그러는 거야."

"3월의 축복이 앞으로도 계속된다고 보십니까?"

"나야 모르지. 세계의 변덕으로 생겼으니 심술 맞게 굴면 줬다가도 뺏어갈는지. 다음은 이한나 님이군. 이씨 가문은 현 무맥이 존재하게 한 최초이자 원시 무공의 근

원일세."

　고관회의 언사는 신을 영접하는 신도의 모습이 아니었다. 그보다는 사랑하고 연모하며 일거수일투족을 보는 삼촌 팬에다 사랑하는 손녀를 보듬는 할아버지 같았다.

　"대대로 이어져 오던 무예를 정립하여 숨법이라는 비전으로 재구성하신 분이 바로 그분이야."

　좋아하지만 더 다가가면 안 된다는 걸 아는 어른 팬이었다. 가만히 불러만 봐도 이보다 행복할 수가 없다는 그는 처음 내게 보여주었던 그녀가 남긴 증표를 매만졌다.

　저 나침반 같은 바늘이 콘서트장의 티켓과 똑같게 생각됐다.

　"나이로 감히 예단할 수 없는 분이시지. 손짓 발짓에 지나지 않던 무술이 그때부터 무공의 경지로 격상됐거든. 진실로 아름답고 강하며, 모든 무인이 선망하는 분이시지. 그분을 죽기 전에 한 번이라도 뵐 수 있다면 원이 없으련만."

　한데, 감동의 소회를 털어놓은 그의 이야기에 계속 빠지는 인물이 있었다. 이한나를 가르친 스승이자 아버지인 이용택 관장이었다.

"여성의 몸이지만 극한의 무를 성취한 분. 마귀의 팔 한쪽을 자른 게 바로 그분이지. 신진권이나 강유나는 이 한나 님이 반쯤 죽여놓은 걸 모가지만 자른 얄팍한 놈에 불과해."

"하면 호법 무공도 그분이 만든 겁니까?"

"그렇지. 이한나 님이 직접 가름하신 열 가지의 극상 승 무공을 칭하는 걸세."

이야기대로라면 홀로 깨우치고 후학을 양성한 데다가 악을 처단한 무쌍의 위력을 가진 여신이었다.

"무학의 대종사네요."

"암! 우위를 가리기 어렵고 무엇을 익혔든 어떤 무공 과도 혼용할 수 있는 비범함을 자랑하는 이를 십대절공 이라 하지. 나를 비롯한 현 대한 무도 총맹의 회장들이 하나씩 잇고 있어. 자네가 사용하는 만천상화산수 역시 그중 하나야."

"원 전승자는 어찌 됐습니까?"

"강력한 적을 제거하며 산화했지. 비렁뱅이 녀석이 전 승자였는데 사도 한 놈과 함께 죽으면서 맥이 끊겼었다 네. 그래서 난 기대도 되지만 불안하기도 해."

잠시 말을 멈췄던 고관회가 회상에 잠겼다가 느릿하게

말했다.

"무신께서 비전으로 정리하신 무공이 자네 같은 일반인의 몸에, 그것도 완벽하게 익힌 상태로 뿌려진다면 이는 어린아이에게 칼을 쥐어주는 것과 마찬가지야."

"아무리 천재라고 해도 그녀를 가르치신 분은 있을 테지요. 기초라도 잡아준 사람 말입니다. 그녀의 아버지는 어떤 사람인가요?"

"아까 말했잖나. 이한나 님은 홀로 서신 분일세. 기적과도 같은 분이지. 수줍음도 많으셔서 우리 늙은이들한테만 모습을 보이신 게 전부라네."

그는 단호하게 고개를 저었다.

"여기에 유머감각도 있으시지. 외유를 하시며 무공을 전하시는데 그때마다 이 증표가 하나씩 남겨진다네. 모으면 그분이 계신 길이 열리지."

이런 식으론 제대로 된 대답을 들을 수 없었다. 직구를 던질 차례였다.

"단도직입적으로 묻지요. 이용택은 어디에 있습니까?"

고관회가 말없이 나를 보았다. 금기시된 이름이라도 되는 양 나타나지 않는 그를 언급한 것에 당황한 것일까. 아니면 저들끼리의 비밀을 내가 건드린 걸지도 모르겠다.

나는 생각할 수 있는 극단의 추론을 하며 고관회의 입이 열리기를 기다렸다. 과연 무거운 이름이기 때문인지 고관회의 다문 입은 도무지 열릴 생각을 하지 않았다.

대신 차량의 경적음과 바깥의 소란스러움이 소음처럼 크게 들렸다. 기다림의 시간은 3분을 넘어 근 10분에 접어들었다. 그쯤 고관회가 '허!' 하며 웃었다.

"언제 물어볼 셈인가?"

"예? 대답을 기다리는 중입니다만."

"무슨 헛소린지 당최 모르겠군. 단도직입적으로 묻는다고 해놓고는 까마귀 고기를 먹은 것도 아니고 나한테 대답하라니. 혹시 눈으로 물어본 거였나? 애석하게도 난 그런 재주는 없어. 선문답 비슷한 건 머리 잘 돌아가는 저 옆 동의 늙은이들에게 하시게."

퍼뜩 스치는 것이 있었다. 승격의 한 발을 걸쳐서 부를 수 없게 된 자의 위용이었다.

"혹시 이용택을 모릅니까?"

재차 물었으나 그의 반응은 아까와 마찬가지였다. 나는 실례를 청하며 그에게 휴대전화를 빌려달라고 부탁했다. 그리고 촬영 모드를 켠 다음 스스로 이용택 관장을 부르는 장면을 녹화하였다.

'역시.'

되돌렸는데 화면 속의 나는 멀뚱하게 서 있었다. '이용택'이라는 단어가 나오기 무섭게 그 문장과 내 행동이 통째로 잘려 나간 듯한 반응이었다.

나는 사모님인 정혜란의 이름도 발음해서 촬영했다. 놀랍게도 그녀의 이름에도 나는 이용택과 마찬가지의 무반응을 보였다. 역시 관장님, 홀로가 아니라 함께 승격했다.

"이한나 님의 양친은 어떤 분들입니까?"

"평범하신 분들이지. 단란하게 지내시는 모습을 일전에 본 적이 있었는데 그보다 화목할 수가 없을 정도였어."

빙그레 웃음 짓는 그만큼 나 역시 기대의 두근거림으로 가득해졌다. 호적수라 나를 부르던 이용택 관장의 한결같음이 보고 싶었다.

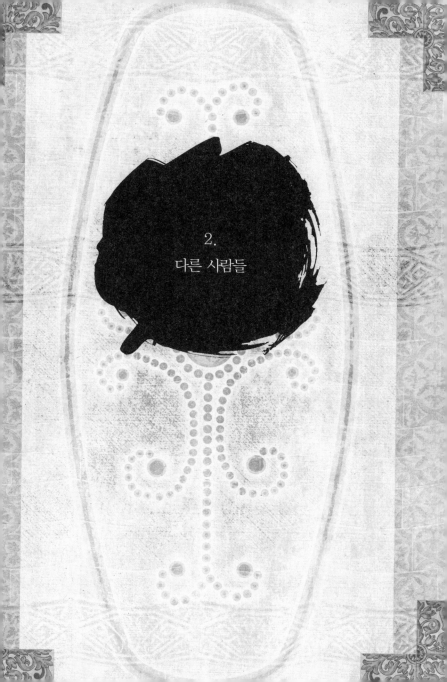

2.
다른 사람들

　품고 있던 다양한 의문을 풀 수 있는 시간이었다. 고 관회는 정말 기본적인 내용조차 모르는 나를 대하며 내가 3월에 나타난 각성자라는 사실을 더는 의심하지 않았다. 그러며 묘한 기대를 했다.

　"자네처럼 산화했던 무맥의 절기들도 다시 돌아올 수 있겠어. 어중이떠중이라고 여태 홀대했었는데 이젠 대회의에 붙여서 우리도 각성자들을 주시하도록 하겠네. 사실 자네와 겨루며 힘이 더 들어간 이유도 반가워서였거든."

　"반가워서 그렇게 죽이려고 했었던 겁니까?"

"떠났던 옛 벗이 돌아온 기분이었다네. 그 난리통에 참 아까운 이들이 많이 갔었지. 그거 아는가? 아무리 각성을 했다손 쳐도 자네처럼 능수능란하게 대처할 순 없어. 한데 자네는 그 경험이 있지."

고관회는 자리를 옮겨 수령 300년은 넘은 은행나무 앞에 섰다. 바닥에 심은 풀과 꽃의 이름을 적은 것처럼 작은 푯말이 있었는데 그 이름은 '한준석'이었다.

그는 이를 뽑고는 잠시 내게 망을 봐달라 말하고는 땅을 푹푹 팠다. 땅에는 밀봉된 술 항아리가 있었다. 이를 열자 달큰한 주향(酒香)이 퍼졌다.

"한잔 들게나. 돌아오면 함께 개봉하겠다고 했던 걸세. 다 늙어빠진 몸뚱이 버리고 절반은 젊어졌으니 이번 생은 잘 즐기세나. 이제 어려운 시기는 다 끝났으니 말이야."

나를 보되 그가 보는 것은 내 위쪽의 하늘이었다. 고관회는 사뭇 다른 장난기 가득한 웃음을 보이며 말했다.

"자네가 아주 어린놈한테 들어갔으면 손녀사위 삼고는 막 굴려줬을 텐데. 들어간 몸뚱이도 참 애매하긴 하군."

껄껄 웃는 그에게 나는 큰 오해라고 하려 했다. 그러

나 고관회는 자기 생각을 확실하게 굳혔는지 절레절레 고개를 흔들 따름이었다.

그가 하는 오해는 어찌 보면 후회와 미련의 다른 모습이기도 했다.

'약한 사람이구나.'

아직 저만큼 늙어본 적이 없기에 하는 생각일지 몰랐다. 그러나 이용택 관장이라면, 회귀를 깨닫고도 내 것이 아니라고 정의하는 에일락 반테스라면 저런 합리화는 않을 것이다.

그러나 그렇기에 참으로 인간적이었다. 나는 그가 내미는 술을 동이째 들고 들이켰다. 남은 절반을 고관회가 마시곤 쩌렁쩌렁 울리도록 크게 웃었다.

술 취한 남자는 담아두고 있던 속내를 풀어놓게 마련이다. 원로원이라고 하고 회장실이라 적힌 방에 앉아서는 고관회의 긴긴 이야기를 쭉 들었다.

주로 '그때 그랬었지. 기억 안 나겠지만 말이야 로 시작하는 옛 시절 이야기였는데 덕분에 딱히 내가 묻지 않아도 초월자와 곤바로스의 싸움이 어떤 식으로 진행됐는지 그 개략을 알 수 있었다.

여기서 깜짝 놀라고 충격적인 이야기가 나왔는데, 신

진권이 무맥에 제자로 들어온 이유였다.

사실 지구의 불가해한 유적들을 깡그리 모으다시피 한 그가 왜 이들의 무공을 탐했는지 궁금했는데 그 이유를 들으니 진심으로 웃음이 나왔다.

"그 쌍놈의 새끼가 한나 님한테 청혼했어. 갈아먹을 놈 같으니. 어딜 감히 빙다리 핫바지 같은 놈이 쳐다보지도 못할 곳을 봐? 아주 그 눈깔을 뽑아줬어야 했는데. 에이!"

화가 치미는지 진열장의 값비싼 양주를 꺼내 함께 마셨다.

"들은 대로라면 그분은 따로 거처가 없다고 하셨는데, 어떻게 그럴 수 있었던 겁니까?"

"초창기에 목에 힘주고 있던 우리를 싹 꺾으시고 한자리에 두어 전수를 해주셨던 때가 있었지. 무도 총맹의 시작이기도 했는데 그때 그 새끼가 온 거야. 알고 봤더니 한나 님의 정보통 역할을 한 게 그 불여시라더군."

"강유나가 고수들의 정보를 이한나 님에게 제공했다는 겁니까?"

얍삽한 것들이야, 하며 고관회가 대답했다.

"그 난봉꾼 새끼가 반반한 여자를 죄다 건드렸는데 자

기도 위험했다나 뭐라나. 아무튼, 신경전이 대단했다나 봐. 그래서 불여시가 내기를 하자고 했다더군. 한 여자를 이기면 자기도 진 셈 치겠다고."

"그게 이한나 님이었다?"

"그랬지. 물론 대차게 깨졌고. 나중엔 뭐라도 주워 먹으려는지 직접 와서 약점을 찾은 거였어. 그러다가 개만도 못한 근성을 또 보이고 이한나 님께 고백했지. 그때 그놈이 얼마나 절실하게 얘기하던지 하마터면 나도 깜빡 넘어갈 뻔했다니까?"

결과는 아직도, 진행 중이라고 했다. 절절한 신진권의 고백을 듣고 한나는 '진짜 몸으로 오세요'라고 말한 뒤 묵사발을 냈다고 하였다.

"크하하핫! 나보다 약한 남자가 어떻게 남편이 되겠느냐고 하셨지. 그때 그 똥 씹은 표정을 찍어뒀어야 했는데. 아이고 아까워라. 그놈이 올 땐 걸어왔다가 나갈 땐 실려서 갔었거든."

"한번 뵙고 싶어지는군요. 그분은 이상형이 누구라고 합니까?"

"자네, 설마 허튼 생각하는 건 아니지? 돌싱에다가 그 모양 그 꼴인 몸으로?"

원색적이고 적나라한 비난이지만 차마 항변할 수 없었다. 죄다 사실이었기에 양주만 병째 들이부었다. 내 모습에 고관회가 함께 병으로 건배하고 말했다.

"신진권 그 얼간이도 나중엔 하다 하다 같은 질문을 했었어. 그때 '아빠 닮은 사람'이라고 하셨었네. 참 순수하신 분이지 않나? 천상 여자에 소녀 같은 감성, 여기에 자상함과 용기까지 완벽한 분일세."

"혹시 아버지보다 세야 한다거나 이겨야 한다거나 하는 조건은 안 붙이시던가요?"

"말했잖나, 이한나 님은 유머 감각이 뛰어나시다고. 한 수만 버텨내면 합격이라는 말을 오래전에 하셨었다네."

저거 진짜 어려운 조건이었다. 혹시나 해서 시도해 본 사람은 있느냐 물었는데 그 누구도 그런 생각 자체를 품어보지 않았다고 했다. 오히려 한 소리 들었다.

"유머에 왜 진지하게 달려들고 그러는가? 하여간 자네는 예나 지금이나 쓸데없이 진지하다니까."

"전 이상현입니다."

"그래, 그래. 한준석이가 들어간 이상현이지. 잘 알고 있어."

대낮의 음주가 이어졌다. '흥청망청'이라는 말이 딱 어울려서 2차로 노래방을 가야 자연스러울 분위기였다. 이런 대화의 흐름이 끊어진 것은 은지의 연락이 오면서였다.

이제 화룡점정이자 '특집, 무림 고수의 세계'에 메인인 두 고수의 겨룸을 촬영할 때라고 했다.

"벌써 보낼 때군. 그럴듯하게 맞추기로 합세."

"어느 정도로 할까요?"

"강기는 빼고 경만 쓰면 될게야. 저치들이 좋아하는 대로 화려하고 그럴듯하게 해봅세. 물론, 어중이떠중이처럼 쭉정이만 보여선 안 되지. 우리 자존심이 있잖나."

"초식의 겨룸으로 하고 끝수는 태세가 이끄는 대로 마무리하도록 하죠."

"좋아, 아주 좋아."

술기운을 빼내지 않은 채 우리는 어깨동무하고 내려갔다. 군대의 사열식처럼 도복을 입은 수련생들이 엄숙하게 있는 모습이 보였다.

족히 사천 명은 넘는 이들 바깥으로 들어오지 못한 구경꾼들의 웅성거림까지 들렸다. 계단 입구에서 대기하던 추성환이 벌겋게 달아오른 우리 모습과 술 냄새를 맡고는 경악했다.

"아니, 촬영이 코앞인데 낮술하고 오신 겁니까?"

"암. 흥이 나는 덴 역시 술이 제격이지. 이 친구가 아주 마음에 들어서 둘이 한 동이 했네. 그래도 걱정하지 말게나. 카메라로 잘 잡기나 해."

격려하는 듯 어깨를 턱턱 두드리자 발끈하려던 추성환의 어깨가 아래로 축축 처졌다. 눈앞에 있는 함박웃음의 노인이 누구인지 가벼운 한 수로 깨우친 것이다.

나는 야영 스킬로 급히 쪼그라들고 겁먹어서 흔들리는 그의 심신을 다독였다.

"계획한 구도는 어떻습니까? 아무래도 같이 등장해서 겨루는 건 아닐 텐데요."

"상현 씨와 관장님이 각기 사범들과 제자들을 제압한 뒤 두 분의 대련이 이어지는 방식입니다."

처음 나와 대면하면서부터 보였던 그의 솔직한 고민이었다. 고관회가 너털웃음을 흘렸다.

"맞는다고? 우리가? 허허. 자네는 달인 나부랭이들을 많이 촬영했다면서 아직 조금도 이쪽 세계를 모르는군그래. 그 불여시가 참 철통같이 잘도 막았어."

"그게 무슨 말이십니까?"

"똑똑히 보시게. 앞으론 다반사로 펼쳐질 모습들이니까."

손가락을 튕겨 따라오라 한 고관회가 성큼성큼 나아갔다. 그는 카메라의 불이 들어오는 걸 보고는 통로를 지나 환한 조명 속 수련장에 들어섰다.

술 냄새를 가득 풍기고 벌건 상태로 들어선 그를 보고 군례 같은 우렁찬 인사가 퍼졌다.

고함과도 같은 일치단결된 기합 사이를 그가 지났다. 그리고 한 걸음, 한 걸음을 뗄수록 고관회의 어깨와 머리 위로 아지랑이와도 같은 뿌연 기류가 흘러나왔다.

꿇어앉아 길을 만들고 있던 수련생들이 픽픽 쓰러지고 고개를 휘젓는 사태가 속출했다. 체내 알코올이 단시간에 기화되며 나타난 현상이었다.

척척 내딛는 걸음걸음도 점점 크게 울렸다. 작은 북을 치는 것 같더니만 나중에는 큰 북이 울리는 듯했다. 기세가 그를 더욱 거인처럼 만들었다.

"우리도 갑시다."

입 떡 벌리고 보던 다른 촬영자를 불렀다. 우리는 반대편으로 빙 둘러 가서는 한참 늦은 타이밍에 맞은편에서 섰다.

그사이 부단히 연마했던 은지와 조용수, 허진석은 고관회에게 순식간에 당해서 꿇어앉아 있었다. 보지 않아도 어땠을지 선하게 그려졌다. 나 역시도 저 앞에 있는 사범들을 그리 만들 셈이었기에 그렇다.

"대결은 상대와 하는 거다. 너희는 자신이 움직여야 할 것만 생각하고 자신이 노리는 곳만 보더구나. 게다가 이 정도에 무릎 꿇다니. 덤벼들 용기조차 없어서야 어찌 무를 수련한다 하겠느냐."

"하지만 틈이 없었습니다."

"틈을 볼 줄은 알고?"

허진석이 입을 꾹 다물었다.

"몸이 안 움직였습니다."

"두려움을 모르는 것이 만용이고 이를 극복하는 것이 용기다. 네 스승에게도 이리 미적지근하게 배웠더냐?"

조용수가 어깨를 움츠렸다.

"그러면 어떻게 하는 게 옳은 거였나요?"

"그렇게 하면 됐다."

고관회의 말에 은지가 고개를 갸웃했다.

"모르면 물어봐야지. 아직 배워야 할 때니까. 그래도 태권도를 경험한다 했으니 발기술 하나는 배워가려무나.

내 하나 일러주마."

명실상부한 고수의 풍모를 선보인 그는 '걷어차기'라는 지극히 쉽고 단순한 동작을 앉아 있던 사범을 불러 가르치게 했다. 숙제도 내주어서 천 번은 반복하게 하였다.

"쓰는 발은 300번이지만 쓰지 않는 발은 700번이다. 몸은 편향되게 써서는 안 되는 법이지."

수련이라기보다는 무한 반복의 노동과도 같은 그의 숙제였지만 분위기에 압도당한 은지 일행은 이를 충실히 따르기로 약속했다. 다음은 내 차례였다.

고관회가 말없이 건너편 통로인 내가 있는 곳을 응시하자 좌중의 시선이 함께 향했다. 나는 그가 보였던 퍼포먼스와는 다른 방식을 연출했다. 술기운을 배출하지 않고 취하고 벌게진 모습 그대로 휘적휘적 걸어나갔다.

대신 보법을 사용하여 처음엔 느리다가 나중에는 한 걸음 내딛는 데 다섯 걸음, 열 걸음씩 압축하는 움직임을 선보였다.

"들어오시겠습니까, 기다리시겠습니까?"

툭 던지는 말에 순서를 기다리던 사범 중 한 사람이

나섰다. 처음부터 내게 가장 호전적인 눈빛을 보였던 이균호였다. 바로 서서는 까딱 고개를 숙인 그가 기합과 함께 발을 굴렀다.

포효와 같은 상태 이상 효과는 없었지만 듣는 이로 하여금 후련하게 하고 바짝 긴장하게 하는 기백이 울렸다. 그도 그럴 것이, 내공이 있고 몇 개나마 투로를 뻗을 수 있는 무인이다.

"사범 이균호입니다."

뭐, 고관회가 상대한 은지 일행의 숙련도에 비하면 저쪽 도전자들의 수준이 상당히 높은 편이긴 했지만, 도토리 키 재기에 불과할 따름이다.

그는 당장에라도 달려들 것 같았던 기세와 달리 힐난하듯 물었다.

"반주하신 듯한데 숙취 해소 음료는 필요 없습니까?"

"하하. 얼굴이 조금 빨갛지요? 제가 간이 좀 좋지 않아서 한 잔만 마셔도 이렇습니다."

헤쭉 웃으며 너스레를 떨자 그의 아래턱이 굵게 나왔다. 이를 악문 모양새가 자존심이 상한 듯했다. 실력 이전에 태도의 문제이니 과연 그렇기도 하리라.

모름지기 대련은 존중으로 시작해서 존중으로 끝나기

마련이니까. 그런데 고관회가 취기를 날리는 퍼포먼스를 보였으니 내 이벤트는 반대로 갈 수밖에 없었다. 이른바 취중 대련이었다.

"지금 이 상태가 딱 좋습니다. 제가 퍼뜩 정신을 차릴 만큼 들어와 주시면 더 좋지요. 자, 기다리는 분들이 많네요. 바로 시작합니다."

손짓하자 자세를 잡은 그가 탁구공처럼 통통 뛰듯 발을 움직였다. 그러나 막상 들어오지는 않고 주위를 돌 따름이니 이는 흥분했음에도 수준 차가 난다는 사실을 잘 인지하고 있다는 증거였다.

좋은 자세였다. 소위 말하는 '머리는 차갑게, 몸은 뜨겁게'를 알지만 실제로 실천하는 이는 많지 않으니까. 그러나 방송용 대련이고 친선이랄 만큼 배워가야 하는 처지에서 이러는 건 옳지 않았다.

"바로 안 들어옵니까? 하긴, 좋게 표현하면 틈을 노리는 것이지만 기세에서 이미 밀렸다는 증거이기도 할 테지요. 괜찮습니다. 살려는 드릴 테니까."

말하다 히끅 딸꾹질하니 발끈한 이균호가 연거푸 제자리를 박차는 듯한 독특한 템포로 달려들었다. 고관회와의 싸움으로 왼팔에 본신을 현신시킨 탓일까.

전보다 내공의 흐름이 면밀하게 느껴졌다. 혼자 오롯이 성장하려고 했는데 동기화의 효과를 어쩔 수 없이 누려야 할 성싶었다.

'수승화강(水昇火降)의 원리를 적용했군.'

혈력을 밑으로 끌어내리고 기력을 올린 채 마력으로 길을 열었다. 콩 볶듯이 튀기는 혈력이 이균호의 발을 튕겨대고 휜 활줄처럼 탄력 있게 낭창낭창해진 그의 몸이 채찍처럼 움직였다.

발을 구르고 그 힘을 타격점까지 이끌어내는 발경이 아닌 공력의 성질과 순환 작용으로 단순한 발차기에 경력을 실은 거였다. 재밌는 방식이지만, 내가 보기엔 깊이가 부족했다.

"몸이 아니라 공력이오. 아까 개념의 전환이 필요하다고 언급한 게 이 때문이지."

나경호가 그리 말한 이유가 여실하게 보였다.

처음에는 손으로 걷어냈다가 나중엔 그냥 몸으로 받아냈다. 양껏 먹으며 불린 살들이 퉁실퉁실 흔들리더니 나중에는 이균호의 발이 살가죽을 미끄러지기까지 했다.

공력의 수발이 익숙해진 여파였다.

"맷집이 나름 좋지요? 허진석이 익힌 만상수의 구(龜)형입니다. 거북이답게 튼튼하지요."

걷어차는 발을 옆구리 살로 튕기곤 뒤로 빠지는 이균호에게 풍류보로 성큼 다가갔다. 그러자 독하게 마음먹은 이균호가 손끝으로 내 눈을 찔러왔다.

고개를 슬쩍 왼쪽으로 꺾으니 그의 우반신이 틀어지며 확 당겨진 발이 내 왼쪽 아래에서 뻗어왔다. 손으로 걷어낼까? 아니면 맞아주고 들어갈까. 하고많은 빈틈 중에 재밌을 법한 대응으로 골랐다.

"허이짜."

목운동하듯 고개를 돌리곤 균형을 잃은 것처럼 벌러덩 누웠다. 그리고 오른쪽 발끝으로 앞을 톡 찼다. 이균호의 디딤발이 뒤로 확 밀리며 그의 몸이 볼썽사납게 떠올랐다.

다음은 당겨진 활시위가 쏘아지듯 벌떡 일어서서는 그의 얼굴 앞에서 손을 멈췄다. 휘둥그레하게 떠진 그의 눈이 이내 아래로 쳐졌다.

"그것도 만상수라의 수법입니까?"

"누운 김에 때린 겁니다."

얼굴을 와락 구긴 그가 한참 노려보더니 일어서며 패배를 인정했다. 다음의 두 사범도 마찬가지였다. 한 명은 섣불리 공격해 오다가 카운터로 밀쳐 내서 4미터 바깥으로 날렸고, 마지막 인물은 근접전을 노렸다가 어깨치기에 그대로 주저앉았다.

이 모두가 3분이 채 걸리지 않았다. 슬슬 받아넘겨주고 맞아준 뒤 한 방에 끝내는 식이었다. 그사이 태권도 특유의 경쾌한 보법과 원리를 터득했지만, 딱히 쓰지는 않았다.

다소 작으면서 뚱뚱한 지금의 캐릭터에는 이게 잘 어울릴 듯한 데다, 응용기일 뿐 딱히 내게 맞지는 않았다. 고양이의 움직임과 궁합이 좋으니 은지에게 슬쩍 알려줘야겠다.

"다들 고생하셨습니다."

"그게 전부입니까?"

"아무래도 태권도와 만상수는 많이 달라서 딱히 도움이 안 될 겁니다.

어깨를 으쓱하며 그렇다 하자 주위 분위기는 더 안 좋아졌다. 정확한 조언을 해준 고관회와 비교하면 무성의하게 보일 수 있었다. 한데, 저게 정답인 걸 어쩌랴.

'어차피 지금 하는 게 다 쇼 아닙니까' 라는 뒷말까지 했다간 정말 칼부림이 날 것이다. 대신 다소 건방지지만, 넉살 좋게 응수한 덕분으로 다른 사람은 몰라도 내 제자 세 명은 자부심을 되찾았다.

어쩌니 저쩌니 해도 나는 모두보다는 내게 속하고 인연 한 가닥이라도 있는 사람을 우대한다.

남은 건 고관회와 나의 대련이었다.

사람들을 뒤로 물리고 정확히 카메라 세 대가 다른 각도에서 우리를 촬영했다.

"인사는 아까 했으니 생략함세."

빙긋이 웃은 고관회가 순식간에 달려들었다. 어깨가 흔들리는가 싶더니 셋, 다섯으로 아찔하게 흩어졌다. 이윽고 하나로 합쳐지며 올곧은 정권을 뻗었다. 이를 육장으로 마주쳤다.

천이 펄럭이듯 나무 바닥의 이음매가 쪼개지며 방사형으로 튀어 올랐다. 단련된 그의 육체에 비하면 진행형인 내 몸은 아직 스킬의 도움 없이 버티기 어려웠다.

대지의 뿌리를 슬쩍 운용하는 나의 꼼수가 비주얼적으로는 더욱 극적인 효과를 연출했다. 단번에 불만과 기대가 공존하던 좌중의 시선이 오롯이 우리에게 모였다.

정면 대결이다. 힘과 힘이며, 주먹과 주먹의 승부였다. 공중을 날고 기기묘묘하며 비현실적인 응수는 없으나 하나하나가 묵직하고 깊은 울림을 동반했다.

유효타가 작렬했을 때는 보는 이들의 입에서 훅 하는 숨이 나왔고 방어에 성공했을 때는 절로 몸을 움찔움찔했다. 팔을 뻗으면 다리를 고수하며 주고받는 공방이었다.

'바둑 같구나.'

저들은 보지 못하는 가상의 한 수를 보였다. 이쪽에서 수를 두면 저쪽에서 다른 수를 뒀다. 장군에 멍군이듯 두 눈이 아닌 몸의 감각으로 읽고 대응했다.

그 덕분에 보지 않고도 수법이 이어지는 경우도 허다했다. 정교하게 짜놓은 합을 이 자리에서 풀어놓는 것처럼 즉흥 대련이 망나니의 춤처럼 흉흉하고 무희의 매력처럼 저들을 사로잡았다.

날카로운 나뭇조각이 거친 발에 깔아뭉개졌다. 손발의 충돌에 텅텅 소리가 울리며 세찬 바람이 불었다. 수련생들의 옷과 머리칼이 나부끼자 담이 약한 이들의 얼굴색이 하얗게 질렸다.

때마침 빗겨 피한 주먹이 기둥을 때렸다. 시멘트 조각

이 떨어지고 쩍 균열이 갔다.

"으아아!"

저런 걸 실수로라도 맞았다간 깨진 수박처럼 될 것이다. 두려움에 물러서는 데 사범들이 날카롭게 호통쳤다.

"누가 뒤로 물러서고 있나!"

"눈 똑바로 뜨고 봐!"

그들의 모습에 나와 고관회가 슬쩍 고개를 끄덕였다. 슬슬 끝내기로 했다.

카메라 각도에 따라 연출할 생각은 없었다. 자연히 서로의 손과 다리가 얽혀 빙글빙글 회전하며 대련장을 점점 넓혔을 따름이다.

팔꿈치와 무릎이 예리한 칼날처럼 스치며 서로의 몸이 동시에 뒤집혔다. 순간 그와 나의 몸으로 마력이 빨려들었다. 뚝 떨어지며 내 쪽에서 발을 굴렀다.

두두의 땅구름이 직선으로 뻗어나가자 땅속에서 괴물이 튀고 역류하는 폭포수처럼 나무가 비산했다.

제임스로 쓰면 모를까, 내 몸으로 썼기에 위력이라곤 전혀 없는 연출용 스킬이었다.

두두의 땅구름은 적의 발밑에서 기습적으로 솟구치는 파동기였으니까.

그것이 쭉정이임을 안 고관회 역시 말아 쥔 주먹으로 허공을 때렸다. 무시무시하게 달려들던 파편과 먼지들에 동그란 구멍이 뚫렸다.

'이제 마지막.'

권풍이 만든 통로를 따라 달리던 고관회가 태권도 특유의 보법으로 튀어 오르더니 좌충우돌하는 움직임으로 삽시간에 발길질을 연거푸 소낙비처럼 쏟아냈다.

108수의 환혼장벽으로 응수하자 찌그러지고 비집은 폭발음이 넓게 울렸다.

그때 고관회의 발이 새하얀 잔영에 휩싸였다. 쓰지 않는다고 하더니, 역시 마지막은 저걸로 장식하고 싶었나 보다.

나 역시 철저하게 봉인했던 왼손을 뻗어 대수인으로 이를 응수했다.

이를 끝으로 처음의 자리에 바로 섰다.

"잘 배웠습니다."

"다음에 또 방문해 주기를 기다리리다."

서로 마무리 인사를 나누고 악수를 하며 고관회가 슬쩍 덧붙였다.

"양혁수를 상대할 때는 깨끗이 면도하는 게 좋아. 무

례한 놈이라 잡히는 대로 죄다 휘두르거든."

"타격계 아니었습니까?"

"잡종이지. 제놈 스스로는 헌터라고 불러달라더군."

상대에 따라 수단을 달리한다는 뜻이다.

new century를 하며 퀘스트에 적합하게 스킬을 혼합하는 방식대로 현실에서도 변화를 보인 듯싶었다.

확실히 제대로 된 실전에서는 긴 머리칼과 수염은 모두 약점이기는 했다. 중요한 건 규칙 이외의 그런 치사한 수를 함부로 쓰겠느냐 하는 거였는데, 고관회의 표정이 사뭇 진지한 게 걸렸다.

"혹시 랭커에 대해 아십니까?"

"수단 방법 가리지 않는 살인마들이야. 우리 무맥과는 다르게 아주 지저분하게 싸웠었지. 양혁수 그놈이 작정하고 전향할 줄은 몰랐네만… 이런, 때가 됐군. 나머진 그놈한테 듣게나. 그래도 태생은 이쪽이어서 지고 나면 고분고분해질 거야."

상승 절예가 충돌한 여파에 반사적으로 귀를 막았던 이들이 하나둘 정신을 차렸다. 이명이라도 울리는 듯 이리저리 갈팡질팡했다.

나는 자기 몸보다 카메라가 온전한지 챙기는 촬영 팀

과 엄지를 추켜올린 은지 일행의 한결 존경에 마지않는
흠모에 찬 눈빛을 받으며 무도 총맹을 나섰다.

과거 많은 접점이 있었던 양혁수의 완성체를 경험할
차례였다.

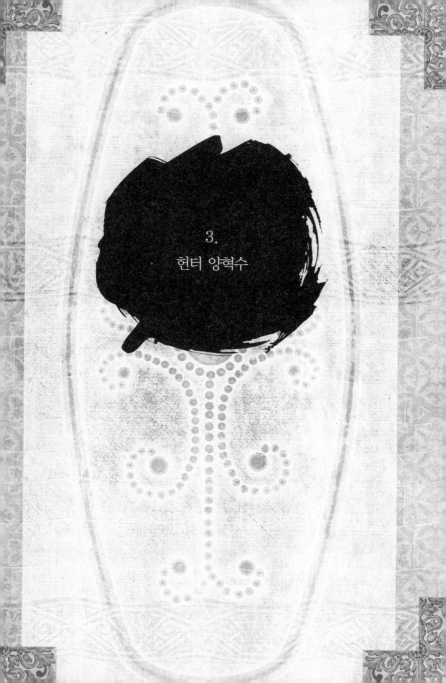

3.
헌터 양혁수

　일정상 바로 양혁수를 만나러 가지는 않았다. 오후까지 열심히 땀 흘리고 대련하였기에 하룻밤 쉬고 다음 날 가기로 했다.

　본래는 은지 일행이 태권도를 배우고 연습하며 만상수와는 다른 훈련을 하는 일정이 있을 예정이었지만 바꿨다고 한다.

　건물을 반파시키고 오만 가지 소문을 퍼뜨린 마당에 더 머무르는 건 의미가 없었던 이유였다.

　"더 찍을 필요도 없어 보였고요."

　임팩트가 아주 넘쳤으니 애써 스토리를 삽입하고 감동

을 자아내려 하지 않아도 됐다. 우리는 다음 날을 기약하며 헤어졌다.

저들이 각자의 집으로 돌아가는 동안 나는 건물 옥상에 올랐다. 더 수련하기 위함이었다.

사실 내 무력이 부족하다고 생각하지는 않았는데, 고관회라는 생판 알지도 못하는 인물과의 결전 때문에 본신의 힘을 끌어와야 하는 일이 생기리라고는 미처 예상 못 했다.

'내 힘으로 극의까지 도달하면 좋을 텐데.'

담당 VJ에게 쉬라고 권한 뒤 나는 만상수를 수련하며 꼬박 아침까지 보냈다. 피로함은 전혀 없었다. 나에게 먹는 것만큼이나 유의미하면서도 무의미한 게 숙면이니까.

당장 본신의 몸으로 탈바꿈하면 이런 제약에서 모두 벗어나게 된다. 인간 이상현이 완전히 상실되겠지만, 언제고 가능했다. 그래서 피에로가 이끌어준 나의 미래는 완벽하게 짜인 하나의 극장이자 무대였다.

나도 잘 안다. 언제든 현신할 수 있는 타개책이 있는 상태로 애써 만상수를 수련하는 게 자기기만이기도 하다는 걸. 그러나 꼭 해보고 싶은 마음인 걸 어쩌랴.

내 몸으로 하나쯤은 꼭 극의를 맛보고 싶었다. 밤이
그렇게 흘렀다.

동이 틀 무렵, 바삐 움직이던 몸을 가라앉힐 겸 명상
과 숨법으로 가름했다. 잠시 고관회의 양혁수에 관한 조
언도 떠올렸다. 살인마라니, 내가 알고 있는 양혁수와
굉장히 동떨어진 말이었다.

'격투계의 신사이자 왕이라고 불리지 않았나?'

이블린과 클라우드는 물론, 양혁수도 일전에 알아본
적이 있다. new century를 조사하다 보면 열 번 넘
게 나올 만큼 굵직한 족적을 남긴 최상위 랭커들.

이 중 양혁수는 재미난 호칭을 두루 가진 녀석이다.
대표적으로 영원한 챔피언, 진실 보도자, 세계 여인이
뽑은 가장 매력적인 수컷 등이 있었다.

영원한 챔피언은 그의 격투 전적이 알려줬다. 이후
new century의 랭커로서 간간이 극한 스포츠를 즐기
는 일상을 보내는 것이 그의 삶이었다.

쌓아온 이미지가 워낙 강하고 도전적이어서 그런지,
특히 스포츠 웨어의 모델로 모습을 많이 드러냈다. 다
만, 사생활 면에서는 그다지 깨끗하지는 않았다.

간단명료하게 정리하면 양혁수는 오는 여자는 마다치 않는 타입이다. 결혼을 가장 쓸데없는 제도라고 공공연하게 말하는 인사였고.

클라우드가 여자들을 꽃이자 선물이라고 표현하며 '가꿔준다' 라 대놓고 이야기하는 것과는 다른 의미로 바람둥이인 셈이다.

한데 고관회의 얘기는 완전 정반대라는 의미.

'공개용과 비공개용의 삶이 판이하게 다른가?'

머리칼 다 쥐어 뽑힐 수 있으니 꼭 이발하고 면도하랄 만큼 싸움에서만큼은 물불 안 가리는 타입인 듯했다. 물론, 그에 대한 경험과 기억 역시 있었다.

나는 없지만 에일락 반테스는 백전의 노장 아니랴. 침을 뱉고 온갖 비열한 짓거리를 하는 적을 숱하게 상대했으니 그의 사례를 나는 차분히 복기했다.

어느덧 아래로 차량 움직이는 소리가 들렸다. 하나둘씩 사람들이 모여들었으니 다시금 일정을 시작할 때였다.

"다들 푹 쉬셨죠? 검색은 해보셨습니까?"

"아뇨. 괜찮은 줄 알았었는데 집에 가자마자 기절했었어요. 무슨 일 있었나요?"

은지의 대답에 추성환이 웃으며 검색해 볼 것을 권했다. 보나 마나 어제 있었던 일에 대한 소문을 말하는 것이다. 장황하게 떠든 기사가 분명하니 대충 상황을 묻는 걸로 가름했다.

"촬영 전에 나가면 손해 아닙니까?"

정식 방송이 나가기 전에 결과까지 다 유출하면 좋을 리가 없을 텐데.

"그럴 수도 있고, 아닐 수도 있는데 이번엔 후자입니다. 외려 더 좋죠."

어떤 광고나 홍보보다도 확실하게 자리매김했으니 전혀 신경 쓸 필요 없다고 했다. 더군다나 이번 방송은 오롯이 자기가 책임지는 것도 아니라 부담감도 덜하다고 덧붙였다.

"기획과 일정이 제 손에서 떠난 지 오랩니다. 처음에는 때려치울 각오로 따졌었는데 어제 보니 다 이해가 되더군요. 편하게 그냥 가렵니다."

화통하게 웃는 추성환이었다. 나는 뒷좌석에 앉아 몸을 기댔다. 그리고 눈을 감으려는데 은지가 피식피식 웃고 있는 게 보였다. 기사문을 읽는 중이었다.

《서울 대낮의 지진과 파공성! 이유는 대련?》

일파만파로 퍼지는 괴영상이 세간에 화제가 되고 있다. 수많은 수련생이 앉아 있는 가운데 카메라가 따라잡지 못할 속도로 움직이는 두 사람!

그들이 마주칠 때마다 총성이 울리고 땅이 떨었다. 이는 영화 홍보 영상도 아니고 특수 촬영은 더더욱 아니었다. 실제로 대한 무도 총맹에서 일어난 사건이다.

〈사진 – 붕괴 직전의 태권도 협회 제4수련관 : 부실시공이 아니라면 이토록 균일하게 금이 갈 수 있을까.〉

5월 16일에 일어난 지진의 원인으로 우후죽순 올라온 각종 [토막 영상] 들은 대한 무도 총맹의 태권도 협회 부분 전 회장인 [고관회] 와 한 일반인의 대결로 알려졌다.

근래 [백림공원의 기적] 으로도 유명한 BJ [김은지와 친구들] 이 찾은 '굶지 않는 노숙자 [이상현]' 이 바로 그인데, 사고의 발단은 KSC의 특선 다큐인 '특집, 무림 고수의 세계' 촬영이었다.

〈사진(상) – 공연 중인 김은지와 친구들〉

이른바 세상 곳곳에 있는 진정한 고수와 겨루고 무인들의 세계를 담는 것이 목적인 이 다큐는 고작 촬영 4일 만에 방송보다 더 혹독한 유명세를 치르고 검증에 시달리는 중이다.

그 이유는 현실과 가상현실의 경계를 넘어선 고수의 과

장된 대련과 그 여파에 있었다.

■ [과장인가 현실인가?]

최근 '달인'이라는 호칭으로 과거보다 한층 뛰어난 실력을 보여주는 사람이 늘어난 것은 사실이다. 그러나 이는 어디까지나 상식의 영역이었으며, 그 상식은 기초과학의 법칙에 어긋나지 않는 경계선이 있었다.

반면, 진짜 고수의 방송이라며 나타난 그들의 모습은 이를 뛰어넘었다. 등장부터 한쪽은 펄펄 끓는 김을 연상케 하듯 아지랑이를 피워 올렸고 다른 한쪽은 축지법을 쓰는 듯한 빠르기로 미끄러지듯 나아갔다.

고속카메라로도 따라잡을 수 없는 움직임은 물론, 잔영을 수십 개나 남기는 [기현상]을 연출했다. 하나하나의 충격과 떨림까지 제각각 연출되고 수많은 영상에 찍힌 생생한 현장의 반응은 어떤 명감독이 연출해도 가히 쉽지 않았을 장면이다.

〈사진 – 도망하는 수련생들과 꿋꿋한 사범들〉

딱 봐도 기사를 가장한 광고였다. 이를 보며 웃는 은지와 달리 허진석과 조용수는 씩씩대고 있었다.

"아니, 왜 우리는 친구들로 뭉뚱그린대? 우리도 활약했다고. 나 대표 사범한테 한 방 먹인 거 봤잖아."

"대신 스무 대 맞았지."

"너랑 달리 난 막기용 만상수라니까? 거북이 몰라? 거북이 등껍질! 도사님도 똑같이 몸으로 때웠단 말이야."

"근데 모양새는 네 쪽이 한참 구렸어."

조용수가 툭툭 던질 때마다 허진석이 어깨를 으쓱하며 대꾸했다. 무공을 익히고 살이 빠지면서 둘은 성격의 변화를 보였다.

활기찬 조용수와 달리 허진석은 사소한 건 그다지 신경 쓰지 않는 듯했다.

이유는 만상수를 몸에 억지로 때려 넣은 둘과 다르게 나를 흉내 내며 숨법을 비롯한 모두를 따라 하려는 그의 태도에 있었다. 호흡이 깊어지니 경거망동하지 않게 된 것이다.

"우리 같은 친구들! 우리끼리 너무 야박하지 않냐?"

"항상 은지가 메인이었잖아. 새삼 왜 그래? 너도 인기가 좋아졌냐?"

"어? 듣고 보니 그러네. 난 귀찮아서 싫어."

"근데 왜 불만이야. 박수나 쳐주자고."

금방 불붙었다가 하이파이브를 하는 그들이었다.

나는 실눈을 뜨고 보았다가 이내 숨법에 집중했다.

운전수가 없음에도 목적지를 향해 최적의 코스로 안락한 운전솜씨를 자랑하는 무인 시스템을 믿으며 대화했다. 어느덧 운전석에 사람이 없는 게 자연스러운 세상이었다.

차량에서의 대화를 마치고 도착한 곳은 양혁수가 한껏 수상 레포츠를 즐기는 한강이었다. 한창 웨이크 보드를 타고 있던 그는 자신 소유의 유람선에 우리를 초대했다.

여기서 한번 물어봤다.

"이게 협찬이 아니라 한 사람 거라고?"

"네. 어? 그게 이상한 건가요?"

"스승님, 양혁수 씨는 세계에서도 백 위 안에 드는 부자입니다."

그걸 모르는 건 아니다. 한데, 불같은 성격에 오는 거, 가는 거 마다치 않는 양혁수가 여기에 배를 띄우고 논다고?

'이상한데.'

아무리 미래의 양혁수가 대전료만으로도 최소 몇 백억을 벌고 new century의 재산도 보유한 부자라 해도 이건 성격상 어울리지가 않았다. 하지만 이 역시도 편견

일 수 있다는 생각에 의심을 잠재웠다.

　본인 성격이 아니라 자산관리사라도 두고 이리저리 돈을 썼을지도 모른다. 한데, 이런 내 의심이 다시금 고개를 든 건 유람선 위의 광경을 보면서였다.

　꽃밭이다. 마치 허영의 신진권이랑 판박이라도 된 것처럼 미녀들로 가득하고 호화롭게 치장된 무대였다. 주위를 한차례 훑은 나는 저들의 틈바구니에 들어갔다.

　"환영해요."

　고전적인 환영 순서인 레드카펫이 깔렸고 유람선에 오르자 저마다 드레스를 입은 여인들이 하나의 글자판을 봉긋한 가슴 위에 둔 채 윙크를 했다.

　아름답게 꾸며진 선상파티다. 저들을 대표하듯 만개한 장미만큼이나 빨갛고 짙은 아이라인이 매력적인 여인이 활짝 펼쳤던 부채를 접으며 말했다.

　"기다리고 있었어요. 혁수 씨는 조금 늦을 거 같으니 먼저 파티를 즐기시는 게 어떨까요? 이것도 촬영 일부라고 생각하면 된답니다."

　사내들이 그녀의 손짓에 빨려들 듯 입을 반쯤 벌렸다. 살포시 자극받은 마력 한 올이 야영 스킬의 평화로움처럼 남성을 자극하고 있었다. 이에 나는 손뼉을 쳐서 주위를 환기했다.

"좋군요. 그러면 마음껏 먹어도 되는 겁니까?"

여인의 눈이 이채를 발했다.

"물론이에요."

"그런데 말씀하시는 분은 누구신지? 혹시 양혁수 씨의 아내입니까?"

그 말에 그녀뿐만 아니라 다른 여인들이 모두 웃었다. 마치 동물원의 원숭이나 구석기 시대의 원시인을 보는 듯한 시선이었다.

"저 몰라요?"

"소개도 없는데 알 리가 없지요."

"한때 국민배우였는데 조금 서운하려고 하네요. 너무 스크린을 오래 떠났나?"

입술을 손가락으로 꼭 누르며 의기소침해하는데 나조차 괜히 미안해질 정도의 빼어난 연기였다.

물론 양혁수를 통해 이모저모로 알아보려는 내게는 창가의 장식물만큼이나 큰 의미 없었다.

여인은 턱시도에 정장은커녕 평상복 차림의 우리를 위해 각자의 신체 사이즈에 맞는 여벌의 정장도 준비됐다고 했다.

나는 은지 일행과 촬영진에게 이 모든 영광을 양보하고 선상 뷔페를 양껏 즐겼다. 먹은 만큼 힘을 써야 할 테니 부지런히 에너지를 비축했다.

'묘하다, 묘해.'

　은밀한 시선이 느껴졌다. 하나가 아닌 여럿이라는 사실이 내 호기심을 점점 자극했다.

　모델 경연대회를 마치고 뒤풀이를 즐긴다면 이럴까. 똑같은 형틀로 찍어낸 듯한 팔등신 비율에 저마다 색과 개성이 다른 선남선녀들로 가득했다.

　여성들이 파티의 꽃이라면 남성들은 수발드는 하인이고 웨이터였으며, 노래 부르는 수컷 새와도 같았다. 그리고 그들의 시선은 은연중 우리 일행에게 모여 있었다.

'아니군. 나를 보는 거였어.'

　자리를 옮기자 시선이 따라붙었다. 그제야 인식했다, 이곳은 사람으로 둘러쳐진 하나의 무대라는 사실을.

　떠들고 즐기는 가운데 은연중 나를 주시하고 있었다.

　양혁수가 준비한 함정은 어떤 걸까. 내 흥미를 얼마만큼 이끌어낼 수 있는지 새삼 기대됐다. 우선 녀석이 준비한 것들을 하나씩 확인해 보기로 했다.

　유람선이라는 공간 전체가 녀석이 준비한 무대일 터.

나는 들고 있던 음료를 마시고 몸을 돌렸다. 그 순간 땅이 갑자기 가까워졌다. 바닥이 치솟기라도 한 걸까? 파도가 일어서 배가 출렁인 것?

아니다. 속이 찢어질 듯 아팠다. 머리가 핑 돌고 무릎에서는 힘이 빠졌다. 눈을 뜬 나는 무릎을 꿇은 채 머리를 땅에 찧는 중이었다.

'독!'

쿵 하며 찧은 이마의 아찔함이 간신히 정신을 되돌렸다. 숨이 콱 막히고 손이 퍼렜다. 코와 입으로 치미는 비릿한 것은 피다. 그때 뇌리를 관통하는 차가운 깨달음이 있었다.

이건 대련이 아니라 사냥이다. 생사를 건 싸움인 것. 뻣뻣하게 굳은 혀부터 과하게 꽉 쥔 힘이 손과 발을 오므리고 부들부들 떨게 했다.

멎어가는 마지막 심장 박동을 탄력 삼아 나는 저편의 틈을 벌렸다.

"이놈이……!"

머리칼이 하얗게 탈색됐다. 내쉬는 숨이 차갑게 얼어붙었다. 흘리던 피가 다시금 몸으로 빨려 들어가더니 호감의 굴강한 육체와 투지가 체내부터 하나하나 탈바꿈시 컸다.

우선은 중독된 체내 장기와 손상된 육신의 수복이었다. 108개의 환혼령주를 뼈마디에 새기고 108개의 홀을 단전으로 삼아 삽시간에 저편의 공력을 깡그리 끌어왔다.

그러자 유람선을 비롯한 모든 경계가 허물어지기 시작했다. 피에로의 능력이 감당하기에는 나라는 존재의 격이 크고 무거운 까닭이다.

다락방에 거인이 들어갔다간 문은 물론, 집까지 망가지게 마련이듯 강림시키는 순간 유희는 끝나는 셈이었다. 아직 보고 접할 것이 많은 상황인데 홧김에 망가뜨려서야 쓰랴.

막 본격적으로 시작하려던 변화를 멈췄다. 108개의 거점을 중심으로 폭발적으로 현신하려던 동력이 뚝 끊긴 것. 다행히 외적인 변화는 크지 않았다.

체구가 180센티미터에 육박하게 됐지만, 2미터를 훌쩍 넘던 과거와 비교하면 선방했다고 봐도 좋다. 여기에 머리칼과 눈이 하얘지고 피부가 창백해진 정도.

내부 장기가 완전히 바뀌었으니 이제 서서히 변화가 진행될 테지만 말이다. 육식최강의 호감이 이 작은 몸으로 사냥할 수는 없는 노릇이니 분명히 더 커질 것이다. 내 실수이니 감수할 일이다.

"아주 재밌었다. 솔직히 어느 정도 룰은 지킬 줄 알았거든. 그런데 갑자기 이리 치고 들어올 줄은 몰랐어."

목을 풀며 주위를 보았는데 반응이 꽤 생경했다. 정상적이라면 비명을 지르고 소스라치게 놀라 도망했어야 할 여인들과 웨이터가 덤덤하게 나를 본 것이다.

정확하게는 덤덤한 게 아니라 공황 상태에 빠져 초점이 하나같이 다 흐려져 있었다. 저편의 내 본체를 가까이서 느낀 탓이다. 혀를 차고는 손뼉을 쳐서 일깨웠다. 그리고 물었다.

"이봐, 양혁수는 어디 있지? 이런 걸 당하고 나니 이젠 장난 따위는 치고 싶지가 않아졌다."

"곧 올 거예요. 주인공은 항상 늦게 와야 한다는 주관이거든요. 그래서 원래는 저희가 시간을 끌고 천천히 피로하게 만들려고 했었어요."

"그런 것치고는 정말 죽을 뻔했는데."

"그렇게 잔뜩 먹을 줄은 몰라서 생긴 일이에요. 보통은 그렇게 무식하게 먹지는 않거든요."

순순히 대답하는 그녀의 눈에 조금씩 초점이 잡혔다.

다른 이들보다는 빠른 속도였다.

"별 엄한 곳에서 꼬인 거였군. 원래는 수발 받으면서 권해주는 대로 천천히 잡혀줬어야 했다, 이건가? 양혁수가 생각보다 치사한 놈이었어."

"그건 아니에요. 그는 아무것도 모르고 우리가 당신의 힘을 빼려고 한 것뿐이거든요."

놀라운 이야기였다. 이 많은 여자가 자발적으로 모여서 파티를 주최하고 한 사람을 위해서 계략을 짰다니.

'아메바가 생각나는군.'

처음 신진권의 둥지에 들어섰을 때 그 녀석이 쓴 수단이 어땠던가.

내게 주지육림을 선물했고 하녀들을 하나씩 쳐죽이면서 나를 겁박했다. 나중에 안 결과 그 모두는 가짜이고 아바타들이었다.

딴에는 신경 쓰고 배려했던 모두가 가짜이고 거짓이라는 것. 꼭두각시의 하나가 되어 춤을 추듯 보였다는 사실이 매우 거슬린다.

그때의 기억이 딱 어울리는 선상의 파티였다. 단, 이전과 달리 지금의 사태는 내 방심으로 자처했음을 확실하게 인지했다.

"너흰 정체가 뭐지? 무맥은 당연히 아니고, Z&F소속이냐? 랭커 쪽?"

"패잔병들이죠. 마지막 때 데모닉에서, 이곳에선 new century로 부르는 곳에서 모두 투입된 병력들."

여인이 순순히 대답하며 부채를 펼쳐 보였다. 안쪽에는 큰 눈이 그려져 있었는데, 나를 마주한 눈이 살아 있는 것처럼 깜빡거렸다. 다른 여인을 불러오자 그녀는 드레스를 걷어 매끈한 다리를 보였다.

하얀 다리에는 파충류의 꼬리가 말려 있었다. 이들은 곤바로스의 편에서 싸웠다가 패배하고 남은 권속들이라 했다. 사도 급이 아닌 일반 병졸쯤 되는 이종족의 무리였다.

"아깐 여배우라지 않았나?"

"사고에 휘말려서 사망한 여인의 몸을 흉내 냈어요. 저희는 반은 정신체라서 가능하죠."

"대단하군. 그런데 이리 살아 있는 걸 보면 너희의 존재를 다들 인정했다는 뜻인가 본데."

"아니에요. 죽어가는 우리를 양혁수가 기생하도록 돕고 그와 함께 생존해 나가는 걸 허락받았을 뿐이죠. '수컷'이라는 별명답게 그는 매우 호색하거든요. 반대로 남자들로 하렘을 만든 여성 랭커도 있어요."

패배자는 안타까운 삶을 이어나갈 따름이다. 노예처럼 사는 게 굴욕적이지는 않을까.

"자유롭게 죽고 싶은 마음은 없나?"

선의의 제안이건만 그녀는 극렬하게 부정했다.

"우리는 수명이 길고 충성은 양혁수 하나에만 하면 됩니다. 오히려 여기가 신에게 속했을 때보다 더 자유로워요. 성욕만 채워주면 되는 원숭이기도 하니까 다루기도 쉽죠."

'원숭이? 그랬던 거군.'

많은 여자를 거느렸다고 자신만만해 있을 양혁수가 이를 알면 어떤 생각을 할까. 하긴, 다양한 욕망 중에서 성욕에 치중하는 남자를 보면 그런 마음이 들는지도 모르겠다.

비로소 이해가 됐다. 왜 양혁수를 보호하려고 이런 짓을 했나 했더니 그가 살아야 자신들도 명목상의 거주권이 인정되는 탓이었다.

그쯤, 정신을 완전히 차린 여인이 고개를 세차게 흔들곤 망연자실했다.

"도대체 당신은 뭐죠? 지금 그 모습에다 방금 그건

마치······."

머뭇머뭇하며 말을 않는 그녀에게 검지로 입을 막았다. 말단이기는 해도 곤바로스의 권속이었다더니 그의 잔향을 내게서 느꼈을는지 모른다.

"그 이야기를 해선 좋을 게 없지. 단언컨대 난 너희한텐 조금도 관심이 없다. 어떻게 말할까? 그래, 같은 심정이라고 해두지. 자유롭게 살고 싶은 너희만큼 나도 두루 경험하고 싶을 뿐이다."

겁먹은 표정으로 주춤 물러났던 그녀가 되물었다.

"각성자들이 인간의 잠재력과 더불어 사도들의 파편으로 생긴다는 것은 짐작하고 있었어요."

천만에, 전부 오해다. 나라는 놈 하나 때문에 고관회도 오해하더니 이들도 쓸데없는 잘못된 추측을 하고 있었다.

각성자들은 자신들의 노력이 보상받은 초월자의 배려일 따름이다.

"그런데 이상현··· 님 같은 화신도 그런 생각이실 줄은 몰랐어요. 저는 반격에 소모품으로 쓰려 하시는 줄 알았습니다."

나는 거기서 여인의 이름을 물었다. 그녀의 이름은 유

희선이었다.

"오해는 둘째치고 터무니없는 소리지. 한데 염색약과 서클 렌즈 있나? 아니면 선글라스라도 말이야."

그득하게 쌓여 있는 음식들을 대차게 비우고 유희선을 따라 선실에 들어갔다. 몸을 맡기니 손재주가 뛰어난 그녀는 내 머리칼을 금방 까맣게 염색했다.

렌즈를 끼고 보험 삼아서 선글라스까지 끼고 나자 얼핏 봐서는 큰 차이가 나지 않았다. 들어온 김에 정장까지 싹 갖춰 입었다. 이러니 예전 헬기에서 낙하했던 그때가 떠올랐다.

거울에 몸을 비춰보니 썩 나쁘지 않았다. 역시, 옷은 옷걸이가 중요하다. 선글라스를 벗으면 분위기가 조금은 깨지겠지만.

갖춰 입고 나가니 은지 일행이 파티를 즐기고 있었다.

"선생님, 혼자만 따로 다니시면 어떻게 합니까."

"양혁수도 없다기에요. 올 때까지는 함께 즐깁시다. 좋은 시간 아닙니까."

올라가자 그간 욕을 많이 먹었는지 담당 VJ가 울상을 했다. 어깨를 턱턱 두드리며 안 그러겠다고 하자 그가 대꾸하다가 고개를 갸웃했다.

분명히 자기가 더 컸었는데 내가 지금은 위에서 그를 내려다보는 이유였다. 연신 '이상하다, 이상하다'를 연발하는 그를 뒤로하고 나는 싹 바뀐 몸의 스펙을 점검했다.

확실히 인간은 약한 존재가 분명했다. 보통의 인간이 극의를 보는 데 100년이 걸리면 호캄은 10년이면 될 정도다.

사냥만 했는데도 질충이라는 극점에 도달한 존재가 호캄이니까. 그러나 인간은 기록으로 남기고 전수하니 여러모로 일장일단이 있다.

둘 중에 선택하라고 하면 에일락 반테스는 인간이고 이용택 관장도 인간이겠지만 나라면 호캄의 몸에 인간의 정신인 지금의 상태를 고르겠다. 이런 마음가짐의 차이가 그들과 나의 차이일 것이다.

양혁수가 나타난 것은 해가 중천에 걸렸을 점심나절이었다. 보드를 탄 그는 물살을 가르며 한강 한복판에 있는 유람선에 껑충 뛰어서는 표범이 나무를 오르듯 턱턱 올랐다.

"미안하게 됐습니다. 늦잠을 잤지 뭡니까. 그녀들이

만찬도 준비했다 하여, 기왕 늦은 김에 조금 느긋하게 왔습니다. 식사는 다들 잘하셨지요?"

흠뻑 젖은 옷을 갈아입은 그는 가까이에 있는 여인의 뺨에 입을 맞추고는 손짓했다. 보는 이로 하여금 눈을 의심하게 하는 육체였다.

정광이 어려 형형하게 빛날 만큼 그의 안광은 뚜렷하고 밝았다. 말 그대로 강철 같고 갑옷 같은 근육이 전성기를 구가하는 무인이 저런 거라고 온몸으로 항변하는 듯했다.

시원스럽게 웃은 그는 불같이 타오르고 정열적으로 달려들던 미숙했던 젊은 시절과 달랐다. 노련하고 노회함이 묻어나는데 중요한 것은 틈이 보이지 않았다.

슬쩍 투로 몇을 그에게 뻗어보았다. 파고들려던 투로는 그의 몸 바깥에서 사막에 물을 뿌린 양 완전히 스며들어 자취를 감추었다. 태극으로 회전하는 공력의 운용이었다.

'고관회보다 강하다.'

체외로 발산하는 기의 완벽한 통제와 변화만으로 상대의 의지를 틀어버리는 상태. 의지가 선점할 수 없는 까닭은 그의 몸을 기점으로 나름의 검계가 구현됐음을 의

미했다.

그쯤 은지가 웃으며 다가서자 양혁수가 고개를 흔들었다.

"귀여운 아가씨, 공개 버전이든 비공개 버전이든 우리는 이제부터 서로 죽일 각오로 붙어야 하거든. 반갑게 인사하고 묏자리에 꽃 놓아주는 건 위선이란다."

딱 잘라 말한 그는 중저음의 목소리로 말을 이었다.

"흔히들 착각하지만, 전장에서 피어나는 적과의 우정은 없어. 다 끝나고 추억으로 미화하는 것뿐이지. 현재가 즐거우면 왜 과거를 추억할까. 곁에 아무도 없다 보니 적이라도 떠올리면서 위안 삼는 거란다. 이건 뭐가 됐든 비겁한 일이지."

경험에서 우러나는 말을 하는 양혁수에게 은지가 발끈해서 말했다.

"우리 도사님이 이기면 아저씨가 죽는 거 아닌가요?"

그가 크게 웃었다.

"맞다, 맞아. 그런데 그런 일이 지금까지 한 번도 없었거든. 이거 골치 아픈 녀석이 하필 오늘 온다고 난리만 안 피웠어도 귀여운 아가씨랑 더 얘기했을 텐데."

"누가 오나요? 아저씨가 신경 쓸 만큼의 사람이면,

랭커?"

"예쁘고 똑똑하기까지 한 아가씬데? 맞아. 아주 제 멋대로 하는 어린놈이 있어. 그런데 여자들한텐 이상하리만큼 인기가 많은 얄미운 녀석이야. 올 때마다 뭔가 하나씩 터뜨리는 통에 여간 신경 쓰이는 게 아닌 놈이지."

그의 이름을 말하려던 은지가 입을 다물었다. 생각만 해도 짜증이 난다는 듯 코끝을 찡그린 양혁수의 기세가 매우 사나웠던 것이다.

나는 그의 경계가 수면의 파문처럼 넓게 퍼지는 것을 느꼈다.

모두가 물러섰다. 본능적으로 위험함을 느끼고 겁을 먹은 이들이었다. 양혁수가 손가락을 튕기며 말했다.

"오래 버티긴 했지만, 아가씨는 여기까지고. 나머지도 다들 물러나 있으세요. 보아하니 자격은 당신 하나인 듯 하니 이제 슬슬 시작해 봅시다. 하긴, 그들이 보낸 만큼 어련하겠느냐만."

곧 웨이터 네 명이 큰 관과도 같은 크고 묵직한 상자 두 개를 들고 나왔다. 뚜껑이 열리기 무섭게 은지 일행이 소스라치게 놀라며 뒤로 물러섰다.

허진석이 그녀 앞을 가로막았고 조용수는 등 돌려서는 팔에 돋은 소름을 만졌다. 그 안에는 칼, 창, 검, 봉을 비롯한 보편적인 무기부터 쿠크리에 파르티잔, 핼버드를 비롯하여 차크람 등의 투척용 무기를 포함한 모든 병기가 있었다.

"쓸데없는 타이틀 때문에 도전자가 판을 쳤었지. 추려 내는 데는 이것만 한 게 없더군."

에일락 반테스의 안목으로도 절로 고개가 끄덕여질 만큼 명장이 심혈을 기울여 제작한 무기였다. 다만, 예기를 감추지 않고 지나치게 발산하여 주인까지 베려는 귀물들이었다.

어지간히 의지를 바로 세우지 않고는 무기를 쥐는 것만으로도 스스로 베일 것을 각오해야 했다. 의도하고 만든 것이다. 양혁수는 손목의 시계를 툭툭 두드리고 말했다.

"양혁수입니다. 두 괴물이 안내하신 분인 만큼 진지하게 할 거니 이해하시기를. 절대 시간이 부족해서 빨리 끝내려는 게 아닙니다. 그리고 혹시 책임져야 할 식구가 있으면 미리 말하세요. 책임지고 목숨 값은 넉넉하게 쳐 드리지요."

"자신만만하시군. 내가 누군지는 궁금하지 않나 봅니다?"

"나는 내 눈이랑 감만 믿거든요. 그 감이 말하는데 그다지 긴장할 것까지는 없다고 하는군요."

호캄의 육체를 오롯이 얻은 나인데도 제법 자신만만했다. 소울이터이자 환혼령주로서 삼킨 영혼의 강화를 이루지는 않았지만, 명실공히 북극 최강의 괴수 아니던가.

이런 내 전력을 보지 못할 만큼 옹이눈은 아니라고 보는데 생각 이상으로 자신만만한 양혁수였다.

"무맹의 고관회 전 회장은 나를 이기면 증표라는 걸 받기로 했다던데, 당신은 뭐요?"

"같은 겁니다. 아주 아름다운 여성과의 데이트지요. 증표를 모아야만 만날 수 있는 여왕님이니까. 세상에는 그저 보기만 해도 감동적인 게 있습니다. 한없이 미안하고 부족한 기분이 드는 거죠."

한나에 대한 그의 반응은 상사병에 빠진 청춘이었다. 정말이지 여러모로 묘하디 묘한 인물이 양혁수였다.

내가 아는 기질이 남아 있는가 싶다가도 나이답게 노련해 보였고 고관회의 이야기로만 봐서 막돼먹은 놈으로 생각하기에는 굉장히 정중했다.

자세한 건 붙어보면 알 일.

가득 있는 무기를 보았다. 창을 들어 수련 겸 대응할까, 만상수를 펼쳐 숙련도를 높여볼까 잠시 생각했다.

하지만 오만한 만큼 확실한 실력을 갖추고 있는 상대인 터라 가장 자신 있는 무기를 쥐었다.

소드마스터라는 에일락 반테스의 위용에 어울리는 무기는 검이었다. 양혁수의 수집물 중 하나인 귀검은 그란디움 발베란에는 비할 바 아니나 광검을 구사하기에 부족함은 없었다.

한데, 이를 쥐자 눈앞에 피 흘리는 귀신 하나가 불쑥 나타나 내게 달려들었다. 수십 대의 화살을 맞고 피 칠갑을 한 채 야차처럼 노려보는 무장은 일본의 전국시대를 떠올리는 갑옷과 칼을 든 모습이었다.

비명처럼 날카로운 기합을 낸 그의 칼이 내 정수리를 베어왔다. 날카로운 공격에 양손을 들어 칼날을 잡으려다가 바로 몸을 굴렀다. 어느덧 내 손에 그와 똑같은 칼이 들려 있었다.

'예기가 강해서가 아니라 진짜 귀(鬼)가 쓰인 검이었나?'

new century의 아이템도 아니고 현실의 장수가 나타나다니. 양혁수가 무기로 테스트를 한다는 의미가 이건가 싶었다.

장수의 칼이 변화를 보이더니 손목을 자르고 내 목과 가슴을 동시에 베는 세 줄기의 검격이 난사됐다. 세필로 정교하게 쓰는 명필의 붓놀림이었다. 이를 발테리아스로 귀결되는 그란시아의 중검으로 내리찍었다.

피륙을 내주고 상대의 뼈를 친 것. 한방에 침몰한 장수가 스러지더니 내 뇌리로 하나의 검술이 아로새겨졌다. 북진일도류(北辰一刀流)였다. 배운 적 없고 익힌 적 없는 검술이 백전연마를 거친 듯 생생하게 떠올랐다.

알 수 없는 현상에 양혁수를 보자 그가 방패와 완갑, 플레이트 메일까지 두루 착용하며 말했다.

"나에 대해 기본은 알 테니 new century의 폐인이란 것도 알 겁니다. 이 게임을 이따금 요즘처럼 쉬는데 그때마다 이래저래 여행을 다녔지요. 그러면서 하나 둘씩 모은 겁니다. 발굴도 하고 나중에는 신진권 회장처럼 돈으로 샀지요. 돈이 부족해서 고물 위주로 말입니다."

그는 하나의 무기를 찰 때마다 한 번씩 초점이 흐려졌다가 돌아오기를 반복했다. 장비에 어린 귀신들을 쓰러뜨린 것이다.

"원래는 그저 그런 것들인데 망할 그놈이 리빙 아머를 만든답시고 가져가서는 죄다 이 꼴로 만들지 뭡니까. 덕분에 이리저리 쓰고는 있지만 말이지요. 쓸 만하지요? 더 챙겨보세요. 아마 저승길이 서운치는 않을 겁니다."

그리 말한 양혁수는 머리부터 발끝까지 완전히 무장을 마친 모습이었다. 나는 물론, 일행 모두가 황당한 표정으로 그를 봤다. 세상 다시없을 자신감으로 똘똘 뭉친 것처럼 보이더니 저게 웬 중장비일까.

"어느 하나도 극의는 못 본 거 같던데."

"그런 정신을 난 아주 좋아합니다. 그럼 바로 붙지요."

양혁수는 투척용 무기부터 등에 공작새처럼 뻗은 창과 핼버드 따위의 장병기까지 꽂은 채 다가왔다.

창을 먼저 잡은 그는 왼손으로 위를, 오른손으로 아래를 쥔 채 내게 강력한 찌르기를 할 기세로 선 굵은 무시무시한 마력을 방출했다.

뜨거운 불처럼 이는 그의 창에 나 역시 검을 겨누는데, 이게 웬걸.

구현한 검계의 바닥에서 스멀스멀 무언가가 기어오는

게 느껴졌다. 손목을 돌려 검으로 바닥을 가르자 '핑! 핑!' 소리를 내며 밧줄이 감긴 투척용 단검이 튕겨 나갔 다.

이윽고 검이 귀신이 움직이듯 제멋대로 돌아서서는 내 게 날아들었다. 때맞춰 양혁수의 찌르기가 정면에서 쇄 도했다. 단박에 구현한 검계를 토대로 마력을 펼쳐 팔방 을 막았다.

"검막의 고수라도 이 효과는 어쩔 수 없지."

짧게 평한 양혁수가 손가락을 까딱였다. 좌우의 단검 이 튕겨 나가고 정면의 창에 검이 뒤로 밀리는 그때, 이 번에는 발치로 뾰족뾰족한 쇠구슬이 굴러왔다.

건드리기도 전에 거센 폭발을 일으키며 사방에 쇠바늘 을 쏘아내는 데 실로 어이가 없을 따름. 다음은 펑펑 터 지며 샛노란 색의 뿌연 연기가 자욱하게 선상에 뭉치며 시야를 막았다.

마력을 따라 계속 모여드는 연막탄이었다. 매개물은 이곳의 귀신 어린 장비들이고 내가 쥔 검 역시 그 축의 하나였다. 작정하고 제대로 짠 함정인 셈이다. 헛헛한 웃음이 절로 나왔다.

이게 대관절 무슨 싸움이랴.

그러나 처음 그토록 친절하게 설명하던 양혁수는 더는 대답하지 않았다.

'퉁!' 하는 소리에 고개를 틀었다. 왼쪽 손을 딱 내게 겨누는데, 장착된 석궁이 대번에 발사된 것. 분명히 장치에 의해 쏘아진 화살이건만 속도는 총탄에 못지않았다.

모두가 귀기 어린 물건이며 마력과 스킬이 내장된 장비들이었다. 내게 준 무기로 한 방 먹여줄까 싶은 마음에 북진일도류가 담긴 검의 스킬을 재빨리 되짚었지만, 이는 대인전에 특화된 검술이었다.

더군다나 한 손으로 여러 손을 어찌 당하랴. 내장된 귀신의 검술 하나로 온갖 장비를 다 쓰는 양혁수에겐 방법이 없었다.

'뭐, 이쯤이야 패널티로 감수해 주지.'

북진일도류 없이도 검의 극의를 본 몸이니까. 수많은 스킬을 한 자루 검으로 격파하는 것도 괜찮은 경험일 것이다. 게다가 꽤 재밌는 상태였다.

연막탄까지 터뜨리니 마력의 흐름과 감각으로 쫓을 뿐, 시각이 완전히 봉쇄된 마당이니까. '이 자식이 진짜 내가 알던 양혁수가 맞나? 어째 이렇게 비겁해졌지?'

하는 생각이 절로 들었다.

그러나 잔수는 정통의 검의를 결코 능가할 수 없는 법. 격의 차이는 그만큼 깊고 뚜렷했다.

"이게 진짜 검이다."

우뚝 서서 당당히 되돌려냈다. 검이 미치는 공간이 송두리째 떠밀리며 점점 빛나는 구체가 되었다.

격차라는 말이 괜히 있는 게 아니다. 나름 일가를 이룬 각종 기술과 격을 이룬 검기는 분명한 차이가 있는 법. 허공에 방점을 찍고, 폭약처럼 흩날리고, 때론 그물까지 던져 오는 양혁수의 각종 무기를 예리하게 뻗는 검기로 모두 자르고 밀어냈다.

들고 있는 것은 가늘고 긴 외날 검이되, 내가 휘두르는 검예는 발테리아스의 기본형이다. 아름드리나무를 잡고 휘두르듯 자작자작하게 튀는 마력들을 육중하게 날렸다.

콩 볶듯이 탕탕 튀는 가운데 비로소 저편에서 투척하던 양혁수가 보였다. 단박에 거리를 좁혀 내려치자 와작 부서진 양혁수가 바닥을 나뒹굴었다. 본래는 도중에 멈추려 했는데 저항감이 없어서 그대로 부서뜨린 것.

'가만, 부서져?'

존재감은 진짜인데, 가짜였다. 갑옷의 효과가 미끼에 있었던 듯하다. 그쯤 음영 지는 그림자에 나는 반사적으로 위를 막았다. 뭔가가 퍽 소리를 내며 터졌다.

"쿠흑!"

코를 확 치미는 후추 냄새에 진저리 처지게 재채기를 했다. 고춧가루에 후추라니!

그때 옆에서 '퉁!' 소리를 내며 석궁이 다시금 쏘아졌다. 짜증스레 확 쳐내는데 이번엔 지린내와 황갈색의 똥덩이가 터지는 것이 아니랴. 눈물 흘리고 기침하면서도 기겁하고는 다급히 이를 모조리 날려 버렸다.

하나, 더러운 이 기분은 어쩔 수 없었다. 싸움이 아무리 실전이고 온갖 추한 수단이 다 통용된다는 걸 모르는 건 아니지만, 당하는 처지에선 실로 신경질이 날 따름.

눈물에 콧물까지 쏟아내다 보니 남는 것은 분노요, 짜증이며, 강한 적개심이다.

"잡종이지. 제놈 스스로는 헌터라고 불러달라더군."

고관회의 평이 실로 딱 맞았다. 내 편견보다 그의 말이 더욱 정확했다.

"오냐, 똑같이 해주마."

검을 분질렀다. 응어리진 연막이 내지르는 포효에 확 밀려 나갔다.

네 녀석이 사냥이라 했으니 나도 칼보다 무서운 호캄의 몸으로 제대로 사냥을 해주겠다. 양손에 검치호의 깊은 흉터로 발톱을 내밀고 쌍칼을 쥐고 있는 양혁수에게 질충으로 달려들었다.

창으로부터 말 탄 기사의 환영이 튀어나왔다. 십자문양의 방패와 창을 든 유령기사들의 돌진을 첫 번째 놈을 뭉개 버리고 두 번째, 세 번째를 할퀴고 난도질하며 연거푸 주먹으로 까부쉈다.

바위를 친 듯 아리고 쇠창살을 휘는 듯 저항감이 제법 컸다. 한낱 환영이 아닌 실질적인 기술이 담긴 창이었다. 마지막인 13번째 유령기사까지 처리하자 창이 대나무 쪼개지듯 척 갈라졌다.

다시금 달려들려다가 그대로 발을 구르며 권격을 때렸다. 오른 주먹에서 거포를 쏘듯 묵직한 일격을 쏘아내자 양혁수가 들고 있던 히터 실드로 이를 빗겨 막았다.

집중된 폭발력이 그의 방패를 쪼개는가 싶더니 숭고하게 성호를 긋는 한 남성이 양혁수 대신 박살이 났다.

점점이 흩어지는 빛들이 거미줄처럼 갈라지던 히터 실드의 균열을 모으고 권격의 충격파를 원위치시켰다. 어렴풋이 빛살과 함께, 한 영혼이 완전히 소멸하는 상실감에 안타까운 탄식마저 나올 따름.

그러나 아득했던 환상 이후 양혁수의 반격이 시작됐다. '쩡!' 하는 쇳소리가 울렸다. 탄력으로 회전한 그의 방패를 따라 나의 권격이 번쩍이는 전광과 함께 되돌아왔다.

'얕은 수작!'

피할 수도 있다. 깨부술 수도 있었다. 그러나 힘의 차이를 보여주고자 같은 수로 응대했다. 일찍이 이용택 관장과 반격의 륜을 시험하며 그 기예를 마스터한 지 오래인 바.

바로 왼손으로 반탄의 기막을 펼쳐 되 튕겼다. 나아가 다시금 오른 주먹으로 권격을 때렸다. 이에 양혁수가 납작 엎드렸다. 바닥에 밀착하듯이 자세를 낮춘 그의 몸은 두 개의 권격이 지남과 동시에 벌떡 솟구쳐서 단박에 내게 달려들었다.

당장 애용했던 히트 실드와 함께 차크람을 섞어 던지는 그. 이를 환혼장벽으로 막아내자 던진 차크람이 삽시간에 분열하며 뱀처럼 바닥을 기고 매처럼 솟구쳤다가 내리꽂혔다.

무기 하나에 내장된 저마다의 스킬이 실로 천차만별인 셈. 거듭 펼친 환혼장벽으로 막아내는데, 예리한 차크람의 날에 손이 베였다. 뻣뻣하더니 손가락이 제대로 굽혀지지 않았다.

마비독이었다. 이쯤 되니 실소만 나왔다.

"그야말로 갖은 수를 다 쓰는구나."

"죽는 것보다야 백배 낫거든!"

이쪽은 신경질이 자꾸만 솟고 있는데 대꾸하는 양혁수는 더 쓸 것이 많다는 듯 흥에 겨워 있었다. 양손에 든 두 자루의 시미터를 휘둘러 온다.

이번에는 야차의 가면에 여섯 개의 칼날을 휘두르는 귀신이 함께 나타나 여덟 자루의 시미터를 폭풍처럼 난도질했다.

신은 부츠로 바닥을 긁으니 기름이라도 부은 양 발을 타고 이글거리는 불꽃이 활활 타올랐다. 팔꿈치에서 송곳이 튀어나와서는 웅크린 꼬마가 빤히 내 틈을 노리는 작은 악령이 됐다.

"질린다."

이만하면 볼 만큼 봤다. 나는 당장 양손을 펼쳐 대수인 합장으로 가슴 앞에서 쾅 마주쳤다. 쇼크웨이브의 파동으로 충격파를 퍼뜨렸고 공원에서의 연주를 가미해 음파를 증폭시켰다.

매질하는 공기의 파동에 양혁수의 공격들이 한 겹 한 겹 껍질을 벗어 던졌다.

그사이 멈춰 선 놈을 향해 제대로, 정석대로 일점집중의 권으로 놈의 심장을 쳤다.

"커헉!"

여덟 자루의 시미터가 그대로 뚫렸다. 갑옷에 동그란 구멍이 뚫리고 등 뒤부터 철편이 종잇장처럼 흩날렸다. 치켜뜬 눈으로 무기력하게 쓰러지는 양혁수의 눈이 경악으로 가득했다.

실로 두려운 위력. 완벽하게 구현된 일점집중의 권다웠다. 짜증스런 마음에 조금 지나쳤나, 후회를 슬쩍 하는 그때 슬며시 내 허리를 붙드는 손길이 있었다.

"까꿍."

귓가에 장난치는 소리. 내 감각을 속이고 접근한 양혁수였다. 단박에 뒤를 돌아보는데 하얀 천이 팔랑이며 얼굴에 붙었다. 눈과 코와 입이 없는 새하얀 소복 차림의 여성이 내게 안기는 환상과 함께였다.

"도모지(塗貌紙)라고 아는지 모르겠어. 물을 묻힌 창호지를 얼굴에 몇 겹이고 착착 바르는 사형법이지. 이제 슬슬 숨이 막히고 죽음이 다가올 거야. 아아, 그렇다고 함부로 벗기려 들지는 마. 얼굴 가죽이 홀랑 벗겨지거든."

소리를 따라 바로 백스핀 블로우를 썼다. 팔꿈치에 아슬아슬하게 무언가가 찢겨졌다. 그리고 그 틈을 타고 밀봉되다시피 했던 양혁수의 존재감이 느껴졌다.

"귀한 감투에 구멍을 내서야 쓰나."

놈이 구멍을 막자 다시금 기척이 완전히 사라졌다. 앞에 세워둔 것은 진짜 같은 분신이고 저것이 은신한 채 있던 진짜였던 걸까? 아니면 뱀이 허물을 벗듯이 내 뒤에 숨어든 걸까.

무엇일지 감히 자신할 수는 없으나, 기상천외한 아이템이 의표를 찔렀다는 사실에는 변함이 없었다.

'검계 구현을 해뒀어야 했군.'

마력과 감각을 속이는 스킬이었다. 기본 검술의 극의를 계속 유지한 상태였으면 모를 리 없었건만 태세 변환을 한 것이 실착이다. 물론, 그 틈을 정확하게 간파하고 들어온 양혁수의 실력도 손뼉 쳐 줄 만했다.

"넌 아직 내 실력을 볼 단계가 아니야. 게임은 끝났다, 이상현. 살고 싶나? 대신 제안을 하지. 기왕이면 신속하게 대답하는 게 좋을 거야. 숨이 막히면 바로 죽을 테니까."

마력을 퍼뜨리며 세심히 짚다가 이내 불가능함을 확인했다. 나는 놈을 찾는 척, 테이블로 가서 단박에 다리를 부러뜨려 검처럼 손에 쥐었다. 그리고 적은 양의 환혼력으로 날을 세웠다.

"내가 알고자 하는 건, 네가 무신가의 맥을 어떻게 이었는가야. 방금 그 권은 그녀가 어떤 호법에게도 전수하지 않은 거거든. 그리고 두 괴물의 마음엔 어떻게 든 건지도 말해줬으면 싶다. 사실대로 말할 생각이 있다면 고개를 끄덕여봐. 아니면 비참하게……!"

검을 통해 경계가 구현되자 상자처럼 네모난 이질감이 느껴졌다. 양혁수가 말을 끊고 즉시 내 허리에 깊은 바늘을 꽂더니만 물러섰다.

종아리 어림의 마력이 급격히 분출하더니만 실로 눈 깜짝할 사이에 경계의 바깥으로 도주한 것. 여러모로 귀찮고 특이한 아이템이 많았다.

"고생을 자처하는군. 숨이 바짝 조여서 죽고 싶은 거냐? 그보단 고통 없이 편히 가는 게 나을 텐데."

나는 얼굴에 붙은 도모지의 이음매를 찾았다. 그러나 피부와 완벽하게 합쳐졌기에 내 체모와 가죽만 잡힐 따름. 하는 수 없었다. 환혼력으로 도모지와 함께 얼굴 피부를 얼리며 단박에 뜯어냈다.

고통은 없었다. 환혼력이 신경을 모조리 마비시킨 탓. 그러나 내 몰골이 어떨지는 능히 짐작할 수 있었다.

"수갑에 묶였다고 손을 잘라서 탈출하려 하다니."

폐부 깊숙이 시원한 공기를 마셨다. 완전한 소울 이터였으면 가죽에 붙은 잡귀는 그대로 씹어먹었을 텐데. 그러면 보통 한지가 되어 벗기는 것이 가능했거늘, 강하기만 한 호감으로는 도구를 쓰는 헌터에게 여러모로 고생이 많았다.

그러나 양혁수의 마음가짐이 달라지는 것이 느껴졌다. 모양새야 엉망이지만 어쨌든 서로에게 유효타는 없는 셈이니까.

"더 재밌는 걸 보여줄까?"

체내 혈력을 가속하여 육체의 회복 속도를 높였다. 그리고 그만큼 뼈와 근육이 뒤틀리며 육체가 급성장했다.

머리칼부터 피부 조직까지 완벽하게 재구성되는 나를 보니 양혁수가 눈을 가늘게 떴다.

"류의 호캄! 너도 넘어온 이종이었구나. Z&F에서 남기지 말아야 할 것을 거뒀었군!"

"그 오해는 네 숨통을 조여놓고 차분히 알려주지."

당장 검을 놈에게 겨누는데 놀랍게도 그가 착용하고 있던 아이템을 훌렁 벗었다. 쓰고 있던 감투라는 물건을 벗고 차고 있던 석궁은 물론, 부츠의 보호대까지 툭툭 털어서 분리했다.

스스로 강점을 버리는가 싶었던 그가 문득 깊이 마신 숨을 멈춰서 꽉 눌렀다. 부푼 근육이 망치로 두드린 듯 압축되더니만 이내 벌겋게 달아오른 몸은 다시 쇳물을 뒤집어쓴 듯 금속성의 육신이 됐다.

나신임에도 가장 견고하고 신축성 있으며 강력한 전신 갑옷을 입은 모양새였다.

"류의 호캄이면 나도 설렁설렁 상대할 순 없지. 좋아, 두 괴물이 너를 왜 남겼는지 모르지만 살려 두진 않겠다. 넌 이 세상에 존재하지 말아야 해."

"웃기는 소리를 하는군. 그럼 저 여자들은 뭐지?"

"내 소유지. 그런데 난 꽃은 키워도 동물은 안 기르는 편이거든."

"터무니없는 놈이로다."

고개를 흔들자 그가 서늘하게 웃었다.

"너를 죽여 껍데기만 남고 억울하게 죽은 이상현의 넋을 기리겠다."

마치 내가 이상현이라는 실존인간을 없애고 그의 몸에 기생이라도 하고 빼앗은 양 정의롭게 지껄이는 양혁수였다. 황당해서 어이가 없을 지경인데 쇳빛의 양혁수로부터 매우 익숙한 모습을 보았다.

거울처럼, 나와 똑같은 자세를 취하여 화인같이 새겨지는 그의 자세는 다름 아닌 일점집중의 권. 땅을 구르며 뻗은 놈의 일격에 나는 선점당한 의지의 끝을 광검으로 받아쳤다.

번쩍이는 섬광이 충돌과 동시에 내 몽둥이를 부쉈다. 테이블 다리에 불과한 검이 감당하기엔 너무나도 막대한 압력인 탓. 그때 저쪽에서 대포처럼 뻗은 일권을 그대로 겨누고 있던 양혁수가 오연히 나를 보았다.

"와라, 괴물의 파편아. 통천격(通天擊)은 난신(亂神)과 무신의 상징! 그녀의 일권을 신진권이 얼마나 훔쳤을지 모르나, 고작 일격이 끝이라면 넌 내게 이길 수 없다.

하늘에 도달하고자 쌓아온 내 무격권(武擊拳)으로 가짜의 한계를 느끼게 해주마."

가히 대종사와도 같은 위엄에 깊이까지 느껴지는 모습이었다. 대관절 놈의 진짜 모습이 무엇인지 헷갈릴 따름.

분노를 퍼붓고 암수를 쓰던 놈이 이제는 초창기의 이용택 관장 못잖은 무인의 자세라니.

"하여간 웃기는군. 온갖 추잡한 짓은 혼자 다 하더니 인제 와서 분위기 잡고 뭐가 어쩌고 어째?"

"최소의 힘으로 최대의 결과를 얻는다. 싸움의 기본인데 뭐가 자랑이라고 힘을 허투루 쓰지?"

실소가 아닌 통렬한 웃음이 저절로 나왔다. 맞다, 암! 실전이 그런 거지 않던가. 나는 마력을 뻗어 광검을 쓸 북진일도류의 스킬이 담긴 칼을 가져오려 했다.

그러나 양혁수가 이를 방관할 리 만무한 일.

"네 주먹보다 네 칼이 무섭다는 건 일찍이 알았지. 최소 나와 같은 경지더군."

마력을 끊은 그가 포탄이 쏟아지는 기세로 달려들었다. 감히 경시치 못하고 나는 제대로 쌍수를 교차했다. 소드 마스터인 에일락 반테스와 검의 경지가 같다면, 그 역시 극의를 보았다는 뜻.

격투술의 극의는 아직 도달하지 못한 나였다. 한 수 배운다는 마음가짐으로 놈의 모든 것을 뇌리에 담았다.

말아 쥔 주먹이 포탄처럼 쏘아졌다. 일격일격이 말 그대로 쇳덩이를 뭉쳐서 연거푸 쏘아내는 기세다. 나 역시 호감의 특성인 굴강으로 마주치는데, 텅텅 부딪치는 충격이 진전하지 못하고 외려 역류했다.

'충격파를 안으로 둘렀구나.'

복층 장갑을 두른 듯한 생체 근육. 반격의 사도인 루타홈의 흡수와 증폭이 약화되어 상시 적용되는 듯한 반탄의 힘. 여기에 상대의 근간을 부수는 묵직한 일격이었다.

전진에 전진을 거듭하는 담백한 권격에 굴강의 호감이 겉부터 찌그러졌다. 좋은 기회였다. 나는 그의 견고함을 고통과 함께 아로새기며 즉시 내 육체에 반영했다.

'재밌다.'

내상이 이런 걸까. 내부 장기가 이탈하고 들썩이며 피가 솟구쳤다.

숨통이 꽉 막히고 옥죄는 통증이 양혁수의 권격에 절

로 유발됐다. 시큰거리는 뼈마디에 미세하게 균열마저 가는 것이 느껴졌다.

패배할 수 있다는 압박감, 엄습하는 두려움, 쿵쾅거리며 뛰는 심장의 고동까지.

서늘한 환혼력만큼이나 식은땀이 나도 진배없는 상황이었다.

풍류의 보법을 밟고 유수행으로 흘려도 양혁수는 내 몸에 아교라도 칠한 양 끈질기게 따라붙었다. 그림자를 밟고 이를 붙든 채 결단코 놓지 않는 기묘한 보법이다.

위기다. 한데, 분명히 위기일진데 피를 뱉어내면서도 웃음이 나는 건 왜일까.

"재밌다!"

왈칵 피를 토하며 대수인을 펼쳤다. 거대해진 육장으로 환혼장벽을 구성하니 우뚝 선 양혁수의 주먹으로부터 일곱 개의 거포가 대번에 환혼장벽을 으스러뜨렸다.

일점집중의 권이 북두칠성의 자리로 작렬한 것. 동그랗게 뚫린 일곱 개의 권이 내 육신을 날려 버렸다. 반탄의 막을 펼쳐 튕겨내려 했으나 세 개만 막고 막이 폭발했다.

두 개에 양팔이 부러지며 남은 두 개의 권이 심장과

명치를 꿰뚫었다. 움푹 들어간 충격파가 내부에서 확산하며 믹서기로 간 듯 몸통 속을 그야말로 반죽 덩어리로 만들었다.

"크흐!"

넝마가 된 몸뚱이가 선체를 훑고 외벽을 찌그러뜨리며 선장실에 처박혔다. 부러질 듯 꺾였던 목을 제자리로 돌리자 여기저기 삐걱삐걱 엉망이 된 몸이 부서져 내렸다.

'믿을 수 없군. 찰나에 시간이 멈춘 듯했어.'

일발필중에 필살의 권이 같은 위력으로 동시에 펼쳐질 수 있을 줄이야. 삽시간에 몸이 분열하여 권격을 퍼붓는 모양새였다.

시간의 흐름이 순간 동결하고 오직 양혁수만 움직인 듯한 모습. 권으로 마스터의 경지에 오른 그의 극의가 분명했다.

"그게 뭐지?"

"칠성격(七星擊)이다. 아직도 재밌나, 괴물?"

그 말에 껄껄 웃었다.

"암. 재밌지, 재밌고말고. 오히려 난 네게 미안하다."

생명력이 다해갈수록 저편의 내가 보였다. 황천을 건

너는 영혼이 머나먼 본향을 그리듯 천공수에 있는 내 본신과 구경하며 까르르 웃고 있는 요정 같은 강유나가 있었다.

멀어지는 의식으로 그녀의 입 모양이 보였다.

'더 놀 거예요?' 하는 그 모습에 고개를 끄덕였다. 그러자 저편의 내가 손을 들어 올렸다. 뿌연 경계, 작은 구멍 너머로 일그러진 륜이 회전하기 시작했다.

우두둑 소리와 함께 접혔던 몸이 펴졌다. 쏟아낸 피만큼 골수에서 새롭게 생성되더니 108개의 환혼령주는 공기가 요동칠 만큼 마력을 빨아들였다.

2미터를 웃도는 키에 치렁치렁하게 자란 머리칼에 청색의 환혼력이 맺혔다. 옷차림 역시 일찍이 구현했던 적법사의 의복을 입었다.

"죽지 않는 건 반칙이거든. 승부는 패배한 걸로 치고 이쯤에서 그만둘까? 아니면 끝까지 갈까? 내 바람은 더 했으면 하는 거다만, 이건 너무 불공평해서 하는 말이다."

검이 있었으면 쓰러뜨릴 수 있었다는 이야기. 완전한 내 육체였다면 능히 상대할 수 있었다는 말. 에일락 반테스와 소통하며 샅샅이 간파하고 그를 찍어 누를 수 있다는 소리는 하지 않았다.

업신여기고 일그러진 륜이라는 반칙으로 꺾어버리고
싶지 않았다. 한데, 양혁수는 처음과 같이 나를 보았
다.

"호감을 엔트로피의 차원에 엮어서 창조했다, 이거군.
학습효과까지 있다니, 과연 강유나다워. 대단해, 아주
대단해. 하지만 무른 녀석이군. 정체를 드러낸 이상 같
은 수를 또 놔둘 리 없잖아."

"오호?"

대응법이 있는 모양새였다. 곤바로스의 권속들과 어떤
싸움을 벌였는지 양혁수는 쉽게 놀라지도, 당황하지도
않았다.

그러나 겉모습은 비슷할지라도 내 실체와 new
century의 몬스터들은 엄연히 구성이 달랐다. 내게 양
혁수는 격투술의 극의를 알려줄 좋은 경험치이자 스승
이외에는 되지 못했다.

"강유나? Z&F면 신진권도 있는데 그는 왜 빼고 얘
기하지?"

내 질문에 의외로 양혁수가 친절히 대답해주었다.

"저주와 해주법을 비롯한 생명공학은 전부 그녀 담당

이었으니까. 너처럼 실험체인 줄도 모르고 진짜인 양 돌아다니는 복제들이 다 강유나의 작품이야. 정확하게는 악신의 비술을 그녀가 독점한 것이지."

"악신이라면 곤바로스?"

"그래. 기억도 있고 과거도 가진 인간으로 감쪽같이 속여서 침투시키곤 했어. 실제로 활약도 하고. 그러다 결정적인 순간 조종당한다. 바로 너처럼!"

그의 의도는 명확했다. 내 진짜 적은 자신이 아니며 강유나와 그녀가 속한 Z&F를 적대하라는 뜻이었다. 진짜 원수를 알려줄 테니 쓸데없는 일을 벌이지 말라는 설득인 것.

그러나 양혁수의 말에는 모순이 있었다.

"괜찮은 거짓말이야. 한데, 결정적일 때 조종한다면 내가 무슨 짓을 해도 강유나의 손아귀를 벗어날 수 없다는 소리 아닌가. 그런데 그녀를 적대하라고?"

"운 좋게도 락을 풀 줄 아는 놈이 곧 와. 클라우드라면 가능해. 그러니 나를 믿고 기다려 보는 건 어때? 증거랄 순 없지만 더는 너를 공격하지 않는다는 것으로 진짜임을 증명해 보지."

하여간 재밌는 녀석이었다. 힘을 갖고 있음에도 참 능

대처럼, 사냥꾼처럼 영리하게 행동하지 않는가.

"그 락이라는 건, 내 깊은 곳에 있겠지?"

"머릿속에 있어. 그렇다고 오해하진 마. 클라우드는 수술이나 두개골을 열지 않고 해결할 수 있으니까."

"그러든 말든 나는 너희한테 몸을 맡겨야 한다, 이거지? 그럼 정체도 안 나를 어찌할는지 내가 무슨 수로 알겠나? 요는 신뢰의 문제라 이거야."

"내가 질 거 같아서 피하는 게 아니란 걸, 너를 몇 번 죽여놓고 말하면 되냐?"

양혁수가 유리알처럼 투명한 눈으로 나를 주시했다. 전신으로 하얀빛이 어리는 것이 다른 기술 없이 그냥 달려들어도 맞대응하기 어려울 것 같았다. 이 모습을 보고 하나 더 알았다.

놈은 격투술은 물론, 외공에서도 극의를 이뤘다.

'두 개라… 좋지.'

나는 검지를 폈다.

"약속을 어기면 모든 것을 잃는 신뢰와 단죄의 펠마돈이 내게 있지. 이것에 대고 지금의 말이 사실임을 약조할 수 있나? 또, 그대로 이행하리라는 것도. 만약 맹약하면 믿고 네 제안대로 행동하겠다. 어때?"

그런 내 제안에 양혁수가 크게 고개를 끄덕이곤 성큼 발을 내디뎠다. 세운 내 검지를 탁 잡더니 뒤로 확 꺾음과 동시, 내 눈앞에 그대로 번갯불이 번쩍였다.

턱이 콱 다물어지고 몸이 들릴 만큼 정수리까지 강력한 힘이 관통했다. 솟구친 놈의 발이 기습적으로 나를 올려친 것.

다음으로 힐끗 보이는 것은 양혁수의 발바닥이었다. 수직하강하는 놈의 발로부터 발테리아스처럼 거대해지는 빛의 잔상을 보았다.

수톤의 압력이 삽시간에 안면에 작렬하자 반사적으로 대지의 뿌리를 사용했다. 전기된 충격파로 유람선이 출렁였다. 유리창이 와장창 깨져 나가는 사이, 양손의 대수인으로 놈의 몸을 그대로 찍었다.

"크학! 내 몸에서도 피가 나긴 하는군."

양혁수는 그 상태 그대로 두 주먹을 마주 뻗었다. 살짝 찌그러진 그의 몸과 다시금 구멍 난 나의 육체. 내게는 뼈를 주고 살을 친 격이었다.

"계약은?"

"그딴 게 있는 줄은 몰랐지. 쉽게 가려고 했는데 꽤 손이 많이 가게 한다니까."

"대관절 너 같은 놈이 어떻게 그 격을 성취했지?"

"살려고 발버둥치면 되더라. 자, 또 살아나 봐. 몇 번 만 더 해보면 좌표가 나올 테니까."

서로 힘을 불끈 주었다. 양혁수가 양쪽 어깨로 대수 인을 튕겨내고 반대로 내 몸을 그대로 셋으로 찢어발겼 다. 바닥에 떨어지는 내 몸을 다시금 본신을 불러와 엮 었다.

저편의 유나가 코를 살짝 찡그렸다.

'쟤 재수 없지 않아요?' 하기에 나 역시 그렇다고 고 개를 끄덕였다. 여러모로 웃기고 음험한 녀석이었다.

"너도 세파에 정말 많이 찌들었구나."

"다시 말하지만 네가 정말로 이상현이든 실험체든 뭐 든 간에 무조건 내가 형님이다, 이 자식아."

"그래그래. 말을 섞을수록 피곤해지는군. 하면 이제 느끼게 해주지. 믿고 있던 게 부서질 때 어떤 기분인지 를."

양혁수가 코웃음 치는 것을 끝으로 나도, 그도 더는 말하지 않았다. 대신 무호흡 상태의 연속기술만이 오갔 다.

육체를 수복하기는 하지만 나는 이 유희가 끝나지 않

도록 점점 단계를 높여가는 상태였다. 지금과 같은 식이면 열 번은 더 죽어야 내 전투력이 강림하는 셈.

물론 그 단계까지 가면 거실에 코끼리가 들어오는 격이니 이 놀이는 끝이다. 그리고 그리되기 전에 상황을 끝낼 자신이 있다.

'공력의 유무만큼이나 격도 내구도를 달리하는 법.'

신격을 이룬 육신은 그 자체로 범접할 수 없는 권능의 상징. 본신이 강림할수록 법력이 보강된다. 이것이 피에로가 연 좁은 문이 오롯한 내 힘을 감당하지 못하는 이유인 바.

마력의 흐름이 더 짙게 보였다. 내 움직임을 실시간으로 수정하며 고속으로 정보를 처리하고 투로를 쪼갰다.

그때 저편의 강유나가 손을 내밀었다. 일그러진 룬이 작용하는 내 손끝을 살짝 맞잡자 순식간에 시야가 확 밝아졌다.

나를 비교하고 양혁수를 해석하던 분주한 두뇌에 엄청난 정보처리능력을 자랑하는 초자아가 떡하니 보조하는 셈이었다.

『파이팅! 한 방 때려주라고!』

대놓고 반칙도 이러면 너무하지 않느냐 싶었지만, 의외로 유나는 완강했다.

『쟤 재수 없어!』

'뭐, 나도 조금은 그런 생각이 들고 있었습니다.'

『히힛. 이거 쓰면 더 좋아.』

그녀의 추천 무공은 다름 아닌 만상수. 투영의 대상은 양혁수였다. 만물을 담고 닮기까지 하는 무공이 왜 인간 하나를 닮지 못하느냐는 그녀의 말.

자고로 현명한 여자 말 잘 들어서 손해 볼 것이 없다. 이를 따르자 정교한 수정과 어우러지며 놀라운 시너지효과가 발생했다.

양혁수의 외공과 격투술의 요체가 깊숙이 체화되기 시작한 것.

'요체는 파동이군.'

체모를 변이시켰다. 피부와 근육의 구조가 변성을 거쳐 옥색을 품었다. 맞부딪치는 주먹으로 서로 광채가 어리더니 이제는 쩡쩡거리는 것을 지나 떵떵거리며 천둥처럼 우르릉 소리를 냈다.

이를 악문 그의 입가로 핏줄기가 흘렀다. 살짝 당황한 기색이 역력했다. 우위를 점하지 못함을 서로가 알았다.

"한 번 썼던 건 안 통한다."

"흥! 잘난 괴물이구나. 네가 무술을 알기는 하느냐?"

주먹을 부딪치던 양혁수가 슬쩍 팔을 빗겨서 뻗었다. 고통과 충격에 자충수를 두는가 했는데, 놈의 손 바깥으로 뿌연 잔영이 있었다.

그 잔영에 닿은 내 손이 확 끌어당겨졌다. 작은 접촉면으로도 절대로 놓치지 않는 끈적한 느낌. 메킨의 집착하는 손과 같은 효용이었다. 그렇다면 다음 공격은 유술일 터.

아니나 다를까. 내 팔을 뱀처럼 휘감으며 확 몸을 띄우는 것이 아닌가. 팔 관절 공격 기술이다. 타는 듯한 고통은 뼛속까지 시리던 타격과는 사뭇 다른 류의 통증이다.

불끈 힘을 주고 급속회전을 하며 남은 왼손으로 놈의 사타구니를 찔렀다. 노리는 부위에 치사하고 말고는 서로에게 없었다.

"발악하는군. 네 실력을 부정하지는 않으나 이미 승패는 결정되어 있다."

"그리 생각하면 넌 아직도 애송이에 불과해. 불사를

믿다가 내 손에 결딴난 것들이 한 트럭은 되거든. 너도 그중 하나가 될 거야."

양혁수는 원숭이처럼 빙글 돌며 그림자를 끌어당겼다.

터무니없게도 내 그림자가 뚝 떼어 나오더니 발을 꽉 잡아서 늪처럼 끈적하게 들러붙었다.

그 순간 능활하게 내 몸을 타고 뒤를 잡은 양혁수가 단박에 허리를 쥐고 허리를 젖히며 나를 들어 올렸다.

스플렉스다.

'레슬링?'

시야가 뒤집히더니 내 머리가 그대로 땅에 박혔다. 이를 손을 들어 완충작용을 하고는 당장에 반격에 들어가려는데 레슬링 기술이 연속기로 계속 이어지는 것이 아닌가.

끈적하게 들러붙은 집착하는 손 류의 스킬과 그림자의 방해가 놈의 연속기술이 여지없이 작렬하도록 보조하고 있었다.

그사이 순식간에 내 정신이 저편의 본신과 마주하는 일을 네 번이나 하게 됐다. 호캄을 연속적으로 사냥할 정도로 타격기보다도 더욱 무서운 기술이었다.

그러나 정말 제대로 배우는 종합격투기 시간도 슬슬 끝이 다가왔다. 양혁수의 기술이 반복되기 시작한 것. 놈의 밑천이 드디어 떨어졌다.

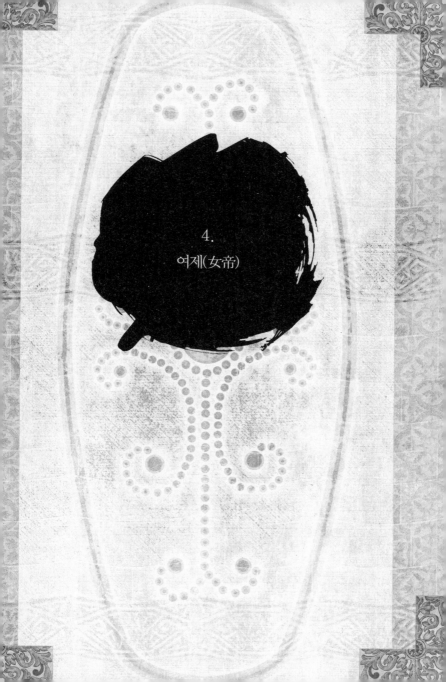

4.
여제(女帝)

하염없이 당하던 기술이 꼬리에 꼬리를 물고 이어지기 시작했다. 침투하는 마력을 끊으며 밀어내는 공력과 공력이 대등하게 충돌을 이루었다.

이를 마주한 양혁수가 혀를 내둘렀다.

"도플갱어보다 지독하군. 거울을 마주한 기분이야."

"그럴밖에. 만상수로 네 장점을 모두 투영했으니."

두두의 땅구름에 양혁수의 그림자밟기의 특성을 담았다. 공격기이지만 범위형 진동으로 상대의 무게중심을 흩트리는 효과를 더했다.

메킨의 집착하는 손은 악력 강화용 스킬이다. 그렇기

에 접촉면에 따라 끈적인 정도가 다른 양혁수의 수법에 다소 한계를 보였다. 유술에서의 효용성이 떨어진 것.

보완책으로 검치호의 깊은 흉터를 살상용에서 포획용의 갈고리로 형태를 바꾸어 보완했다. 메스처럼 날카롭게 훑으며 근육을 가르고 힘줄과 뼈에 덜컥 걸리는 잔인한 흉기인 셈이다.

외공의 극을 이룬 양혁수이기에 저만큼 버티지, 다른 이였다면 즉시 난도질당했을 터. 그러나 이는 엄연히 유술을 위한 보조 기능이었다. 양혁수 무공의 극의와 요체를 가져와 섞은 탓이었다.

"대성한 무공까지 만상수로 비췄다고? 말도 안 되는 소리야. 그랬다면 무신가에서 호법 무공으로 풀었을 리가 없어."

"만상수의 극을 본 이가 있기는 했었나?"

"보지는 못했지만, 그녀라면 가능해."

"만상수가 이리 위험한 무공이라면 호법들에게 전수했을 리가 없다? 당장 보는 네 눈보다도 그녀를 더 신뢰한단 말이냐?"

팔을 잡으면 흘리고 상대의 팔을 움켜쥐는 움직임이 자세와 각도를 바꾸며 연거푸 이어졌다. 보법 역시 똑같은 순간에 동일하게 움직이니 회오리처럼 돌고 뫼비우스의 띠처럼 끝없이 회전했다.

지나친 가속으로 주위 풍경이 벽처럼 보이고 공기의 벽과 마찰을 빚을 때는 누가 먼저랄 것 없이 역방향으로 발을 뻗었다.

그리하면 휘청이는 상체가 단박에 나선으로 경을 발산하며 서로의 어깨가 포탄이 터진 듯 굉음을 냈다.

누적된 피해를 채 풀지도 않고 저돌적으로 재차 충돌했다. 같은 상황의 반복이었다.

"호캄의 불사의 특성에 만상수를 흉내 낸 권능까지 가진 네놈의 정체가 뭐지? 신진권이나 강유나가 만들어냈을 리 없는데."

"직접 몸으로 느끼면서도 부정한다면 나야 할 말이 없지. 한데 아까랑 말이 다르군? 그들이 만들었을 거라더니 말이야."

양혁수가 조소(嘲笑)했다.

"너 같은 괴물을 찍어낼 수 있었으면 그 전투를 그렇게 치열하게 치르지 않았을 테니까."

"정답이야. 한데, 대답을 들을 때까지 네가 살아 있는지 모르겠다."

신장은 물론, 무게와 육체의 내구성에서 리치까지. 모든 면에서 내가 우월했다. 죽음과 더불어 강화되는 내 힘에 양혁수가 얼굴을 찌푸리는 횟수가 늘었다.

그가 물러서기 시작했다. 이를 악물더니 두 눈의 실핏줄이 터질 만큼 힘을 꽉 주며 버텼다. 서로의 피해가 누적된다면 언제고 수복되는 내 쪽이 유리한 것은 실로 명약관화다.

"아직 끝이 아니다!"

분개의 일갈 이후 그가 충돌을 마다치 않던 사투에서 더욱 정교한 기술적 대처로 넘어갔다. 지나친 가속을 삼가고 외려 부딪치고 무릎이 맞닿으면 움직임의 속도를 제어했다.

문외한에겐 춤을 추고 부드럽게 맞춤 대련이 이어지는 것으로 보일 테지만, 인간 한계의 체력에 도달한 양혁수조차 굵은 땀을 여지없이 흘리며 고도로 집중하고 있었다.

터지지 못하고 응축되는 힘이 더욱더 커지기 때문이다. 힘과 힘의 흐름이 마치 눈덩이를 굴리며 서로 주고받는 놀이를 하는 듯했다.

초 단위를 쪼개어 주고받던 현란한 공수가 담백하게

정돈됐다. 두 손에 쥐고 있는 하나의 흐름. 서로의 경과 력이 어린 구체를 깨질세라, 터질세라 아이 돌보듯 살며 시 쥐고 놀았다.

네 차례든 내 차례든 놓친 쪽이 한번 죽으리라. 이 오 싹오싹함은 전과는 또 다른 느낌이었다.

"마지막까지 재밌었다, 양혁수. 격투술로 보았을 때 승자는 분명히 너다. 나는 지금껏 수차례 죽었고 다시금 몸을 살렸을 뿐이니까. 불사를 논외로 치면 확실히 너는 자부심을 품어도 좋아."

"퍽이나 감격스러운 이야기로군."

"그러나 이걸 잊지는 말아줬으면 좋겠군. 내가 오직 특성만으로 너를 농락한다고 생각하면 오산이야."

어처구니없다는 듯 양혁수가 씹어 내뱉듯이 대답했다.

"그런 이야기는 목숨을 여벌로 가진 녀석이 할 건 아 닌 듯한데?"

"무슨 뜻인지는 이제 알 수 있을 거다. 그리고 너를 눕혀놓고 들을 이야기가 있기도 하거든. 이제, 정말로 시작할 테니 잘 버텨보도록."

말하려던 양혁수가 숨을 덜컥 멈췄다. 구체의 공수교 환을 조건으로 담백하고 정갈하게 나누던 흐름에서 내가 불쑥 손을 뻗은 탓. 자연히 그와 나 사이에서 주위 경관이 찌그러질 만큼의 충격파가 일었다.

위쪽의 구름이 칼로 벤 듯 썩둑 잘린 상태였다. 마주한 그의 몸은 달아오른 쇠처럼 벌겋게 익어 수증기까지 피웠다. 반면, 나는 체모가 그을린 정도에 지나지 않았다.

"양혁수, 네가 패하는 건 인간이기 때문이다. 오직 그거 하나다."

같은 극의를 입었는데 내구도가 달랐다. 약한 인간이 강해지기 위해 만든 무술을 맹수가 그대로 익혀서 쓰면 나오는 당연한 격차였다.

격분한 양혁수가 와락 구긴 얼굴로 내가 으르렁거렸다.

"배에 있는 사람들을 전부 죽일 셈이냐!"

양혁수의 확 당겨진 이마가 절굿공이를 찧듯 내 이마에 닿았다. '쿵!' 하는 소리와 함께 녀석의 이마가 깨져서 뒤로 튕겼다. 이쪽은 살짝 아리고 녀석의 이마는 피를 철철 흘렸다.

"안 그래도 그게 궁금하던 참이었거든."

놈의 목을 쥐었다. 꺾고 비트는 것은 예사. 초크슬램

에 저먼 스플렉스, 길로틴 초크까지 내가 당하고 느꼈던 고통을 놈에게 그대로 전달해 줬다.

"이기려면 분뇨까지 던지며 수단 방법을 안 가리던 놈이 이상하게 배는 지키려고 했었단 말이야. 여자들이 소중해서? 사람 죽이는 게 두려워서?"

잡은 채 그대로 공깃돌을 갖고 놀듯 왼쪽, 오른쪽으로 쥐고 찍고 찧어댔다. 선실을 구멍 내고 쭉쭉 긁었다. 그는 튼튼한 장난감이었다. 아무리 때려도 버티고, 찌그러뜨려도 쉽게 터지지 않는 샌드백이다.

"살려고 아등바등하다 보니 지금이 됐다지? 한데 너 같은 녀석이 왜 아직까지 나를 붙들고 있는 거지? 너는 이미 패배를 직감했을 터."

선체로 물이 펑펑 솟구치고 유람선이 아비규환으로 복잡해졌다. 생명의 기척만 피하며 몽땅 두드리다 보니 자연스레 미리 피신해 있던 여자들과 은지 일행이 있는 곳까지 가게 되었다.

"말해라. 뭘 숨기고 있는 거냐?"

카메라 팀 이외에는 다들 침착했다. 구명조끼를 여자들이 남자들에게 입혀줬고 여성들은 물론 웨이터를 포함한 선원들까지 다들 가만히 탈출의 때를 기다리고 있었다.

한강에 빠져 죽기엔 이곳의 면면들이 다들 기본 이상
은 됐다. 이들이 대기하는 이유는 나와 양혁수의 충돌에
휘말려서 개죽음을 당하지 않기 위함이 분명했다.

그즈음 여인이 내게 물었다.

"살려주시면 안 될까요?"

"상황 봐서."

구체관절 인형처럼 흔들리는 양혁수의 팔을 잡고는 위
로 확 던졌다.

탄력을 줘서 핑글핑글 도는 놈이 추락하는 타이밍에
맞춰서 도약했다. 척추를 동강 낼 기세로 무릎으로 찍고
착지하면서 아예 접어버렸다. 활처럼 휘어진 그가 손가
락과 발가락을 쫙 편 채 떨었다.

고통조차 사치일 만큼 떡 벌린 입과 숨죽인 비명. 꺼
지기 직전의 초처럼 그가 온몸으로 빛을 뿜었다.

뒤이어 양혁수가 몸을 돌리며 소나비 같은 발길질을
보였다. 발기술의 총화랄 수 있는 양혁수의 기술. 내게
선보인 무술이 모두 깨지는 것을 알고 고관회 못잖은 각
법과 퇴법으로 바꾼 것이었다.

그러나 고관회 못잖은 게 문제였다. 격투기의 요체를

너를 통해 모두 익혔는데, 이것에 당하랴.

"이렇게도 치더라."

반월 차기로 흐름을 끊은 뒤 선체에 충격을 분산시키며 그대로 발꿈치를 위로 올려쳤다. 펑 떠오른 놈을 향해 일점집중의 묘로 점과 점을 이으며 단박에 발을 내밀었다.

"이쯤 되니 나도 궁금해서 말이지. 고관회 때는 그냥 넘어갔는데 너와는 생사투고 끝장을 봤으니까 전리품은 챙겨도 될 거라고 본다."

발에 응집됐던 빛살이 저편에서 반짝였다. 중간 과정이 생략된 빛은 양혁수가 가로막은 양팔에 작렬하며 뼈를 으스러뜨렸다. 싸움이 끝났다.

"네게도 징표가 있을 터. 내놔봐. 대관절 이게 뭐기에 다들 이렇게 모으려고 안달인지 한번 봐야겠어."

내 말에 왈칵 피를 토하고 간헐적으로 숨만 내쉬던 양혁수가 찌그러진 선체에 박힌 채 웃었다. 빠져나가는 사람들이 열심히 헤엄치고 강변길에는 지난 소란으로 구경꾼이 가득 모인 상태였다. 건지지 못한 건 촬영팀의 카메라들과 값비싼 유람선이었다.

"좋지. 그런데 기왕이면 나중에 봐주는 건 어떠냐?

내가 얼마나 기다린 순간인데, 이 모양 이 꼴로 만나기
엔 영 자존심이 상하거든."

"기다린 순간이라고?"

"남자가 가오가 있잖아. 그래도 명색이 최강의 사나이
라고. 준비한 선물을 줘도 부족할 판에 이 꼴은 너무하
지 않겠어?"

태연자약하기 그지없는 반응이었다. 분명 뭔가의 노림
수가 있어 보이는데 그게 뭔지 잘 모르겠다. '제 목숨
귀한 줄 분명히 아는 녀석인데'라고 생각하는데 문득 클
라우드라는 이름이 떠올랐다.

골치 아픈 녀석이 오늘 온다고 난리라 말했었다. 티격
태격하는 듯 말했지만 실상 그들이 가까운 사일지 견원
지간일는지는 알 수 없는 노릇. 그러나 하나는 분명했
다.

오월동주(吳越同舟)라는 말이 있듯이 사이가 어색할
지라도 인간이 아닌 모습이 분명한 나를 본다면 힘을 합
칠 것이라는 사실이다.

'분명히 클라우드가 맞다. 하면 이 녀석들이 뭘 준비
했느냐가 문제인데.'

일발 역전의 히든카드이며 나를 단숨에 처리할 만한

강력한 수단일 것이다. 양혁수의 예상으론 말이다. 엔트로피라 하더니 저편의 본체를 부수는 능력이라도 가졌으려나.

'무엇이든 관계는 없지. 또 다른 극의를 얼른 보고 싶군.'

나는 엉망이 된 그의 가슴에 발을 올린 채 물었다.

"프러포즈라도 해볼 셈이었나? 듣자 하니 고관회마저 동경심을 보일 정도로 환상적인 미녀라던데."

"그 늙은이는 여전히 주책없다니까. 나이 스무 살 차이상 나면 그건 정말 범죄라고. 게다가 난 보여주려고 준비한 게 정말 많거든."

저편을 몽환적으로 보는 양혁수였다. 내가 살려줄 생각이라는 건 전혀 모를 텐데, 이 발을 지그시 밟기만 해도 끝일 텐데도 그는 상사병을 앓는 이팔청춘의 모습이었다.

"내 컬렉션들 봤지? 저런 것 말고 아름다운 것들도 정말 많아. 무엇도 그녀에 비할 순 없지만 말이지."

가만히 보다가 그의 눈을 바로 앞에서 보았다. 호랑이라는 맹수답게 입을 크게 벌려 씹으면 단번에 그의 머리를 뜯어먹을 수 있는 날카로운 치아를 드러냈다.

"말랑말랑한 이야기를 주고받기엔 너무 늦었다. 지금 용서해 주기에 넌 내 성미를 너무 건드렸어. 그런데 왜 말을 섞어주는지 아느냐?"

"강한 놈들의 전매특허인 방심 아니겠나. 불사의 특성이 있는 놈들은 하나같이 다 그랬거든. '쳐볼 테면 쳐봐라'라는 자신만만함이 있었지."

"그래. 네가 기다리는 클라우드라는 놈도 이리 기다리는 중이지. 너를 통해 극의를 터득했으니 비슷한 명성의 그놈도 뭔가를 갖고 있지 않겠나."

그즈음 양혁수가 돌연 오른쪽을 보며 웃었다. 기다렸던 것이 비로소 왔다는 안도감과 만족감에 찬 미소였다.

"예상을 벗어나지 않아서 정말 고맙다. 이번엔 조금 위험했었거든. 다음엔 정말 조심하지."

"다음이 있을 줄 아느냐?"

그때 펄럭이는 하늘하늘한 옷자락이 내 귓가를 스쳤다. 이번에도 내 감각을 무시하고 다가온 무언가였다.

다음부터 랭커란 놈들을 상대할 때는 검계를 확실하게 구현해 놓아야겠노라 다짐하며 옆을 보았다. 그곳엔 금이 가고 물이 새는 선체와 거센 물살이 가득했다.

먼발치의 구경꾼들을 경계로 앞의 수면으로 무언가가

치솟았다가 내려서기를 반복했는데, 이는 다름 아닌 한 마리의 돌고래였다.

'뭐지?'

놀랍게도 물 위를 질주하는 돌고래의 위에는 모자를 쓴 턱시도 차림의 토끼가 분홍색 지팡이를 들고 있었다. 환상일까? 가짜이려나.

이게 말이 되나 싶어 잠깐 돌아보는데 눈앞으로 새카만 몸체를 자랑하는 칼이 스쳤다. 체모에 닿는 이질적인 느낌에 흠칫 몸을 뒤로 뺐을 무렵, 앞을 보았을 때 양혁수의 몸이 싹둑 잘려서 모래처럼 허물어졌다.

『이번 일은 없던 걸로 합시다.』

젊은 남성의 목소리를 끝으로 세상이 두 쪽으로 나뉘었다. 마치 한 장의 종이를 반으로 쭉 찢어서 돌려 접는 모습으로 일그러졌다. 비틀린 시공간이 역전하며 하나의 뚜렷한 과거가 부상했다.

'이놈들 봐라?'

틈새로 흘러든 나의 의식이 하나의 점을 경계로 어느 시점에 고스란히 안착했다. 시간을 역행하고 원하는 시간대로 돌아가는 시간 회귀의 기술.

태진이가 다이엘란을 통해 얻고 학교에서 수차례 선보

인 그 능력이 이 자리에서 나타난 것이다. 반사적으로 뻗은 내 손이 찰나의 틈을 놓치고 회귀의 흐름을 움켜쥐지 못했다.

필시 새카만 칼은 다이엘란의 무기였을 터. 컬렉터니 하더니만 회귀능력을 다이엘란의 칼로 발동시켰으리라. 문제는 사용자의 수준 차이였다.

예전 태진이가 사용할 때보다 복잡하고 감춰진 형태다. 점이 아니라 절단면의 형태라 여간해선 잡히지 않았다.

'이건 막기 어렵겠는데.'

찌그러지는 세계와 함께 스러지며 고심했다. 커튼 같은 자락을 쥐고 비틀린 만큼 펼쳤어야 했나? 칼이 공간을 자를 때 막아야 했을까.

아니면 꼬이고 비틀리는 시간을 역산해야 했을 수도 있었다. 아마도 수십 차례 연습해야 회귀의 흐름을 거머쥘 듯했다.

문제는 양혁수나 클라우드가 어설픈 태진이처럼 대놓고 기술을 난사하겠느냐는 사실. 애석하게도 그럴 리가 없었다.

결국, 이들과 함께 되돌아온 의식의 시점은 유람선에

오르는 때였다. 천공수의 본신이 없었다면 정말이지 연옥에 갇힌 채 사냥당하는 한낱 짐승이 됐을 것이다.

"이게 협찬이 아니라 한 사람 거라고?"

"네. 어? 그게 이상한 건가요?"

"스승님, 양혁수 씨는 세계에서도 백 위 안에 드는 부잡니다."

은지 일행과 이야기하던 내가 걸음을 멈췄다. 위로 올라가면 아름다운 꽃밭과 화려한 만찬이 독을 가득 품고 있을 터. 똑같은 상황이 다시금 연출될 확률은 90퍼센트를 넘었다.

양혁수를 단번에 쳐 죽인다손 쳐도 클라우드가 있다면 시간 회귀는 다시금 일어날 테니까. 하면, 어떻게 그놈을 찾아낼까, 이 문제에 대해 깊이 생각할 필요가 있었다.

"어? 무슨 일 있으세요?"

"먼저들 올라가거라. 곧 뒤따르마."

일행에게 손짓하여 가라고 한 뒤 생각을 이었다. 여기가 내겐 일종의 분기점이자 선택의 갈림길이었다.

다시금 같은 상황을 연출하며 공략당하는 괴수의 역할

을 할 셈인가, 아니면 다른 방도를 찾겠는가. 이도 저도 아니면 적당히 촬영을 마치고 되돌아가서 훗날을 노리는 방법도 있었다.

우선 시간 회귀를 격파하는 방법은 있을까? 현재의 이 몸으론 무리였다. 본신의 가호 없이 만상수만으로는 양혁수에게 어림도 없다.

'역시 피하는 방법밖에 없나.'

회귀의 흐름을 잡아채려면 이상현이 아닌 제임스가 필수다. 결국, 저편의 나와 더 동기화하여야 하는데 그러자면 클라우드나 양혁수가 알고 대응할 게 뻔했다.

유희를 망칠 각오를 한다면 뒤집을 수 있겠으나 우선은 여기까지 즐기는 걸로 마무리하기로 했다. 생각을 마치고 뒤늦게 오르니 예의 아름답다고 자신하던 전 여배우가 나를 반겨주었다.

"기다리고 있었어요. 혁수 씨는 조금 늦을 거 같으니 먼저 파티를 즐기시는 게 어떨까요? 이것도 촬영 일부라고 생각하면 된답니다."

"그럽시다."

아까와는 다른 느긋하게 즐기는 파티의 순간이었다. 대신 한마디는 덧붙였다.

"음식에 이상한 맛이 섞였군요. 정상적인 걸로 주십시오."

웨이터에게 넌지시 말하자 잠깐 여인들이 멈칫하더니 대다수 음식이 싹 교체됐다. 한데, 그때 술과 음식을 즐기려는데 다시금 웨이터가 따라주는 술에서 술 대신 꽃잎들이 쭉 타고 흘렀다.

잔에 가득하게 꽃잎이 쏟아지고 그윽한 장미향이 악취만큼이나 깊이 코를 파고들었다. 그리고 하늘하늘한 천 자락에 이어 하늘이 어두워졌다.

『감이 좋은데요? 다시 한 번 가죠?』

일그러지는 시공간이 접히고 접히며 네모나게 변하더니 평면으로 활짝 넓어졌다. 잠시 부유하던 의식이 자리한 그때는 유람선에 오르던 그때, 그 순간이었다.

나는 '이게 협찬이 아니라 한 사람 거라고?' 라고 말하려던 걸 딱 멈추고 오만상을 찌푸렸다. 이놈들이 둘 다 작정을 했는지 저마다의 방법으로 내 신경을 건드린다. 적당히 끝내려고 했는데 이쯤 되면 나도 자존심이 상하게 마련.

"회귀라니, 정말 완벽한 안전장치였어. 양혁수가 어째 한강에서 보자고 하더니만 이유가 있었군그래. 너희 둘이 처음부터 한 팀이었나?"

와락 팔을 떨치고 팔을 굴렀다. 환혼장벽을 펼쳐 유람
선의 옆을 통째로 으스러뜨리자 다시금 시간이 역전했
다. 찰나의 반복인지라 부수기 무섭게 오목해진 선체가
볼록해지며 제자리를 찾는 모양새였다.

『잊는 편이 덜 괴로울 겁니다. 형씨는 내 손에 이미
들어왔거든요.』

맑은 웃음이 귓가에 울렸다. 성장한 클라우드의 낭랑
한 목소리였다.

"적당히 끝내는 게 피차 좋을 거야."

나직이 으르렁거렸지만, 대답은 들려오지 않았다. 아
무래도 얼굴도 내밀지 않는 녀석의 호기심이 충족되기
전까지는 계속 틀어놓을 생각인 듯했다.

"대련하자 했었는데, 너는 그럴 생각이 없나 보지?"

선상파티에 오르며 말을 건넸으나 역시 대답은 없었
다. 하긴, 양혁수의 극의를 홀랑 훔쳐 가는 걸 봤는데
이렇게 모습을 보일 만큼 허술할 리가 없지.

그러나 그 탓에 대화조차 차단됐으니 안타까울 따름
이다. 내가 대련을 반긴 건 경기장이자 무대라는 공간에
서 서로의 전력과 전력을 허심탄회하게 겨룬다는 이유

도 컸다.

극의를 배우고 강자와 겨루는 쾌감도 있다. 하지만 그 어디에도 지금의 상황은 포함되지 않았다. 이 역시도 실전이고 헌터의 싸움이며, 실력이랄 수 있겠으나 내 성정에는 정말 맞지 않는다.

그러던 중 기다리던 양혁수가 등장할 때에 맞춰 그로부터 얻은 극의를 동시에 사용하며 즉시 일권을 날렸다. 칠성격이 작렬하기 직전, 시간이 다시 되돌아갔다.

나는 계단에 선 채 껄껄 웃었다. 대놓고 시간을 이리 움직이는 걸 보면 정말 막가자는 거다.

"어디 내가 너를 찾나 못 찾나 보자. 단, 맹세하지. 찾으면 쉽게 죽이지는 않겠노라고."

확실히 양혁수와는 다르게 사람 성질을 건드리는 재주가 있었다. 어찌 생긴 놈인지 얼굴을 꼭 보고 싶어졌다.

다섯 번이 넘도록 선상에 오르며 이번엔 클라우드의 종적을 쫓았다. 테이블의 나이프를 들어 검계를 구현하고 감각으로 마력을 찾은 것이다. 그런데 이게 웬걸.

선상 곳곳에서 숨겨진 잔흔이 산적하였다. 웃고 있는 여성들에게 기묘한 형태로 응어리져 있었고, 파티의 장식물에도 감춰진 마력의 향이 그득했다.

"좋아. 차분히 좁혀주지."

배를 컬렉션으로 아예 도배했다. 붉은 루비가 인상적으로 박힌 보석 잔을 들었다. 이를 들고 주의 깊게 보노라니 웨이터가 다가와 물을 따랐다. 물은 곧, 잘 익은 포도주가 됐다.

까짓, 이리된 거 심장 고동에 맞춰 한 명씩 제대로 족쳐 주마. 분명히 걸리겠지.

'이 귀여운 놈 같으니라고.'

잡히기만 해봐라, 그냥은 안 끝낸다.

⊠　　　⊠　　　⊠

치즈롤의 말랑말랑한 치즈가 입안에서 녹아내렸다. 달콤한 디저트 케이크를 과일 칵테일과 함께 먹었다. 시럽을 잔뜩 부어서 척척하기까지 한 핫케이크에 초콜릿 칩과 크런키에 아몬드가 박힌 아이스크림까지 한입에 삼켰다.

단맛은 사람을 행복하게 하는 축복의 맛이 확실하다. 아무리 먹어도 얼마든지 돌아갈 수 있다는 면에서 선상

파티는 즐기기 나름으로 행복한 감옥이 분명했다.

그리 홀로 즐거운 식사를 즐기고 있으니 웨이터가 다가와 빈 잔에 물을 따랐다. 물은 포도주가 되었다.

하얀 피부에 갈색의 머리칼과 눈을 한 그는 옅은 주름의 웃음을 지어 보이며 말했다.

"파티가 즐겁지 않으십니까? 혹 불편한 점이 있으시다면 언제든 말씀해 주세요."

"음식도 맛있고 즐겁게 즐기고 있는데 의외군. 내가 그리 보이나?"

훤칠한 키를 자랑하는 웨이터는 나보다 머리 하나 이상은 큰 높이에서 하얀 치아를 보이며 웃었다.

"근 이십여 분이 지나도록 말씀 없이 음식만 드셨습니다. 잔뜩 차린 음식 그릇에 빈 그릇이 수북하게 쌓일 만큼이었어요. 덕분에 다른 분들도 상당히 불편해하시고 있습니다."

"분위기가 영 마뜩찮아서 내가 신경을 못 썼군. 뭐, 이런 설명은 더 필요 없도록 서로 잘 알고 있을 테고 말이야. 그렇지 않나, 웨이터 빈센트?"

"정확하게는 37호라 합니다, 이상현 님."

그는 자신의 명찰을 가리켰다. 나는 어깨를 으쓱해 보

였다.

"한 번, 한 번 거듭할 때마다 웨이터의 명찰이 바뀌더군. 37번의 회귀라. 참 끈질긴 짓을 벌이고 있어. 그렇지?"

"그런 편이죠. 보통은 한참 전에 답이 나오곤 하거든요. 한데, 시간 역행을 의식으로 함께 따를 줄은 꿈에도 몰랐습니다. 보통은 그렇게들 못하니까요."

느긋한 그의 말에 나는 잔을 들어 건배하는 것으로 대답을 대신했다. 잦은 회귀 속에서 하나씩 타깃을 좁혀가다가 결국 발견해 낸 건 눈앞의 웨이터였다.

물론, 가짜로서 인형술이라는 답변만 들었다. 본체는 보지도 못한 채 클라우드를 상대하는 셈이다. 그래서 바꾼 방법이 회귀 기술을 난사하게 하는 것.

돌아가기 무섭게 배를 부수고 일장에 때려죽이며 반전을 노렸다. 한데 그럴 때면 전혀 손해 볼 것 없다는 듯이 클라우드는 쉽사리 시간 회귀를 사용했다.

여기서 멈추고 지금까지 먹으며 고민 중이었다. 대관절 저 녀석은 무슨 수로 이런 능력을 서슴지 않고 쓸 수 있는 걸까?

느긋하게 음식 좀 먹으면서 이리 생각하려는데 클라우

드가 이번엔 직접 다가왔다. 하여간 여러모로 귀여운 녀석이었다. 씹어먹던 음식을 꿀꺽 삼켰다.

"회귀라는 게 이렇게 마음대로, 또 자유로이 쓸 수 있는 거였는지 몰랐다. 내가 아는 두 사람은 그 반동만으로도 꽤 많은 것을 잃었거든. 거듭 사용하면 적잖게 부담이 될 줄 알았는데 내 계산이 어긋났나 봐."

클라우드 37호가 웃었다.

"모름지기 생각은 하기 나름이고 발상은 전환하게 마련입니다."

"마술의 비밀을 알려주려고?"

"마술이 아니거든요. 세상에는 여러 가지 물건이 있습니다. 그중에는 특별한 힘을 가진 것들이 있는데, 이를 보물이라 하죠. 지금 이상현 씨가 들고 계시고 여기에 있는 수많은 것이 그러합니다."

"양혁수한테 들은 이야기야. 그는 장비를 쓰고 너는 장신구를 쓰는 정도의 차이지."

그가 손뼉을 쳤다. 한 번 칠 때마다 장식물이 하나씩 떠올랐다. 유리된 경계 너머에서 일행은 파티를 즐기고 있는데 그와 나는 투명하게 차단된 상자에 있는 모양새였다.

"보물에는 사연이 있고 영혼이 담깁니다. 이를 매우 드물고 거창하게 표현하면 격이라고 하죠? 등가교환의 법칙을 적용하면 능력 하나에 하나씩 희생을 하면 되는 겁니다. 그리고 그 격이 꼭 내 것일 필요는 없어요. 나에게 속하면 되거든요."

"그 말뜻은 소모할 물건들이 모두 사라질 때까지만 족치면 된다는 거군?"

"맞습니다. 한 번 잘랐다가 붙이는 시간만큼 사용되는 보물도 다르거든요. 저는 정확하게 계산해서 딱 그 물건 만큼만 쓰고 있지만요. 매개물은 역행의 칼이지만요."

"다이엘란의 무기?"

"맞습니다. 사도 중에서도 정말 무서운 여자였죠."

클라우드가 장난스레 와들와들 몸을 떨었다. 그만큼 대단했다는 표현인지 과장했는지는 미지수지만 적어도 없는 이야기를 지어낸 건 아닌 듯했다.

"이제 본론으로 들어가지. 무슨 꿍꿍이냐? 이만하면 서로 고착 상태인데 말이다."

속내를 밝히라 하자 웨이터가 다시금 정중하게 허리 숙여 인사했다. 나는 앉은 채 이를 받아주었다.

그는 얇은 가면을 벗듯이 피부를 한 꺼풀 벗겨냈다.

그러자 맑은 눈빛으로 빙글빙글 웃고 있는 클라우드가 모습을 드러냈다. 물론 여전히 가짜였다.

"내가 만나기로 한 인물은 양혁수로 알고 있는데. 네가 드러나면서부터 그가 보이지 않더군. 왜지? 상대가 바뀌었나?"

"양혁수 씨랑은 나름의 친분이 있거든요. 꼭 유쾌한 사이는 아니지만 서로 알 만큼은 잘 알고 있죠. 적어도 싸울 때는 든든합니다. 등을 맡길 만큼요."

"오호라. 네가 죽으면 양혁수를 매개로 회귀하고 양혁수를 죽이면 너를 매개로 회귀한다? 어떻게 둘이 이동하면서 기억이 소실되지 않지?"

"역행의 칼은 두 자룹니다. 다이엘란이 이걸로 늘렸다, 줄였다, 돌렸다, 합쳤다 할 때 정말 굉장히 고생했었죠. 이 능력만 평생 연구해도 끝이 없을 정도로요. 제가 원래 이런 걸 좋아하거든요."

인상을 찌푸렸다. 이 녀석, 생각보다 말이 많았다.

"그러던 중에 재밌는 얘기를 들어서 급히 날아온 겁니다. 거물이 큰 관심을 보이는 인물인데, 상현이라는 인물은 그다지 별 볼 일이 없더라는 거였습니다."

웨이터는 마주 앉아서 음식을 같이 먹었다.

"원래는 이만한 미녀랑 양혁수가 없으면 뭔가 다른 반응을 보일 줄 알았었죠. 그런데 이상현 씨는 영 재미가 없었어요, 재미가."

"말이 많다는 이야기를 곧잘 듣지?"

"다들 그러더군요. 그게 제 매력이라서 금방 빠져들지만요."

이쯤에서 오른 주먹을 녀석에게 뻗었다. 태연하게 말을 늘어놓던 클라우드는 싱긋 웃으며 주먹을 그대로 맞았다. 뒤이어 '펑!' 하는 작은 연기와 함께 옷만 남긴 채 사라졌다.

"드디어 하나 했군요. 아, 이런 반응이 자주 나와줘야 했는데 생각보다 너무 더뎠어요."

그가 남긴 옷이 글러브처럼 내 손을 감싸고 팔꿈치까지 올라왔다. 내 뒤에서 클라우드는 똑같은 모습으로 이야기했다.

"속박의 천이라는 겁니다. 양혁수 씨한테도 있던 도모지랑 같은 과죠. 아까 여러 가지 언급했었지요? 세상에는 다양한 것들이 있다고."

손을 확 펴려고도 했다. 남은 손으로 천을 꽉 찢어발기려고도 시도하였다. 그러나 내 피부와 완벽하게 하나가 된 통에 손 가죽이 아프고 찢으려니 피부까지 함께 갈라지며 피가 났다. 해법은 아까처럼 껍질째 벗는 거였다.

"그런데 물건이라는 게 꼭 원형을 따라갈 필요는 없더군요. 흉내 내서 얼마든지 제작할 수 있답니다. 애착을 갖게 하여야 하는 조건은 있지만요."

"확실해졌어. 넌 아주 짜증 나는 놈이다."

"과찬입니다. 보여줄 재주도 많으니까 기대하세요."

벌떡 일어나서 발을 세차게 굴렀다. 단박에 충격파가 배를 뒤흔들며 일대를 아수라장으로 만들었다. 그리고 시간은 다시 되돌아가서 어언 배에 오르는 때였다.

"대화는 끝인가요?"

미리 나온 38호 웨이터가 얼굴을 내밀고 물었다. 느긋한 미소 대신 한쪽 입꼬리를 올리고 비웃는 모습이다.

"원래는 이쯤에서 싹 다 때려치울 요량이었거든. 한데 네 녀석이 답안지를 두 개나 알려줬으니 고마울 따름이지."

"그게 뭐지요?"

"하나는 부수는 것. 컬렉션이 백 개는 넘지? 그러면 천 개, 혹은 만 개는?"

웨이터와 엉뚱한 이야기를 주고받는 내게 은지 일행이 물어보려 할 때였다. 나는 활짝 손을 펼치고 다시금 일장을 때렸다. 배의 옆면이 터져 나가고 다시금 시간이 돌아왔다.

"단련의 의미를 양혁수는 알겠지. 십만 번이고, 백만 번이고 하는 것. 참고로 나도 몸을 쓰는 놈이라 그 정도는 쉽게 할 수 있다. 회귀? 얼마든지 해보려무나. 손해 볼 것 없으니 가볍게 십만 번부터 해주마."

그 정도면 내 몸이 아무리 후지더라도 공간의 틈 정도는 능히 움켜쥘 수 있을 것이다. 뭐가 잘났다고 저리 떠들었는지는 모르겠다만, 그 정도의 여유로 나를 농락하려고 한 건 매우 큰 실수였다.

뒤이어 정말로 부수고 재생성되는 시간의 간극이 쉼 없이 이어졌다. 생각 없이 하는 일이 아니었다. 많은 일이 있었는데, 저들이 이 배를 벗어나지 않는 이유가 있다고 여겨졌다.

필시 이 배라는 곳은 감옥임과 동시에 뭔가 큰 의미가 있었다.

그리고 이러한 나의 행동을 부수고 회귀되기를 일백 번 넘겼을 때 다른 질문으로 발전했다. 양혁수 못잖은 클라우드의 무력을 나는 아직 보지 못했다. 접근하기를 서슴지 않았던 놈의 기술이니 극의 몇은 가지고 있을 터.

'그런데 왜 안 쓸까? 무슨 제약이라도 있을까? 가만, 왜 유람선이지?'

강물이라는 장소. 그 위에 떠 있는 배. 바깥과 구분되는 경계 지점. 이를 하나하나 조합하면 이 녀석들이 배에 집착하는 뭔가 다른 이유가 있지는 않을까 하는 의문이었다.

확인하고자 아홉 번째에는 슬며시 뒤의 빌딩을 향해 주먹을 뻗었다.

"안 돼!"

훅 사라진 파형이 저편 건물에 작렬하는 찰나, 유람선으로부터 15개의 빛줄기가 솟구쳤다. 15개의 컬렉션을 매개로 건물마저 비틀어지더니 시간이 회귀된 것이었다.

그리고 나는 두 명의 한숨 소리를 동시에 들었다. 깊이 잠수한 듯 물속에서 올라온 양혁수와 관자놀이를 지압하고 있는 웨이터 클라우드였다.

무한 반복의 서정 연주에서 드디어 변곡점이 나타났다. 두 명의 티격태격하는 말다툼이었다.

"이렇게 만나고 싶진 않았는데. 그러게 결계를 이렇게 좁게 치면 어떻게 하냐? 기술은 왜 이렇게 많이 썼고."

"그러는 당신이야말로 내 순서까지 오지 않게 했다지 않았습니까. 당당하게 붙어선 박살 난 게 누군데 지금 누구 탓을 하는 거지요?"

"놈의 본체는 아직도 못 찾은 거냐? 좌표를 막아야 하는데 아직도 못 찾았어?"

"모르겠어요. 아직 접점이 없었습니다. 저런 케이스는 생전 처음이었다고요. 추적하려고 붙었더니 다짜고짜 저 짓거리를 반복하기까지 했습니다. 정말이지 계산 오류예요."

"대가가… 매우 크겠어."

저들은 나를 보지 않았다. 이를 악물고 입술을 깨물며 초조하게 무언가를 기다릴 따름이다.

그즈음 창창한 하늘에서 갑자기 꽈르릉하며 벼락이 내리쳤다. 그 빛은 영롱한 금빛으로 공중에서 머물더니 금광이 번뜩이는 긴 머리칼의 여인으로 변모했다.

영롱하게 번뜩이는 실루엣은 최고의 매력을 자랑하는 강유나와 대등했다. 눈부신 금색 광채 사이로 언뜻 비치는 얼굴만 봐도 절로 이유 모를 감격의 탄식이 나왔다.

그러나 두 눈을 보는 순간 절로 몸가짐을 바로 하게 된다. 무표정하게 보는 월향처럼, 메마른 웃음을 짓는 이용택 관장처럼 철저하게 감정이 배제된 시선이었다.

그 시선이 검은 칼을 기점으로 이를 쥔 두 사내에게 머물렀다.

"시간은 금기(禁忌)야. 내가 한 번만 더 그러면 자격 박탈시킨다고 했지?"

두 남자가 서로 자신의 칼을 상대에게 떠넘겼다. 폭탄 돌리기를 하는 듯 바빴고 정말 억울해했다.

"오해예요. 전쟁의 망령이 남아서 우리도 어쩔 수 없었습니다."

"맞습니다, 한나 씨. 불사의 괴물이라서 방도가 없었 어요. 믿어주십시오."

"믿어줄게. 하지만 책임은 져야만 해."

황금의 아우라를 두른 그녀의 시선이 아래로 향했다. 순간, 유성처럼 하강한 빛이 선상의 양혁수를 향해 날아 들었다. 당장 외공을 극의까지 쓴 양혁수의 몸이 하얀 광채로 빛났다.

조금의 대화도 섞지 않겠다는 그녀의 기세를 온몸으로 느낀 탓이었다. 양혁수는 그 점이 너무나도 억울한 모습이었다.

"사람이 실수도 할 수 있지, 어떻게 이렇게 매몰차냐? 이게 다 저 호캄 때문에 일어난 일이란 말이다!"

금광의 그녀는 단호히 고개를 저었다.

"설혹 그렇다고 해도 금기를 어긴 건 마찬가지야. 외물에 의존하는 순간 발전은 없어. 게다가 감당할 수 없는 적이었어? 그러면 나를 불렀어야지. 징표는 그럴 때 쓰라고 줬는데 왜 안 썼어?"

"그걸 다 쓰면 네가 승격할 걸 아는데 어떻게 쓰겠어."

양혁수의 대답에 그녀가 작게 웃었다. 새벽을 여는 듯, 맑은 종이 마음에까지 깊이 울리는 듯 가슴마저 편안해지는 웃음이었다.

"바보 같아. 내 마음에 들려면 노력을 했어야지, 징표만 간직해서 어떻게 해?"

성큼 그녀가 발을 내디뎠다. 대경실색한 양혁수가 나와의 싸움에서보다 곱절은 거대한 칠성격을 양손으로 퍼부었다. 14개의 빛이 금광에 작렬하는 찰나, 약간의 한숨 섞인 말이 들렸다.

"한심해. 어떻게 3년째 제자리람."

그녀가 손을 떨쳤다. 유유히 날아간 황금색의 대수인이 전면을 압착하여 밀어내듯이 공간째 양혁수를 몰아냈다.

칠성격이라는 별빛이 한 번의 해일에 그대로 쓸려서 사라졌다. 이를 악문 양혁수가 광포하게 온 힘을 다해 뛰어들었다.

쌓아온 모든 무예를 일순간 퍼붓는 듯 광막이 겹겹이 쌓여 완벽하게 전면을 틀어막았다. 그러나 제아무리 제방을 높게 쌓은들 바다를 어찌 감당하랴.

한계 수위를 넘은 물에 가볍게 점령당했다. 광막을 휩쓴 장력이 거대한 규모가 꿈이었다는 듯 양혁수의 몸에 모조리 빨려들었다. 뒤이어 그녀가 가볍게 주먹을 쥐었다.

"안 돼! 제발 한나 씨, 제발 한나 님!"

양혁수의 몸 내부로부터 균열이 일었다.

견고하게 들어찬 공력이 빠지며 양혁수의 몸 자체가 바람 빠진 풍선처럼 쪼그라들었다. 쌓아온 모든 것이 단번에 뽑혀 나가는 참혹함일 것이다.

"자격 박탈."

움켜쥔 손이 펼쳐짐과 동시에 양혁수가 피를 분수처럼

뿜으며 털썩 쓰러졌다. 이윽고 시선이 자신에게 향하자 클라우드는 양손을 번쩍 치켜들었다.

"네가 보상으로 역행의 칼을 선택할 때부터 사실 이건 결정된 거나 마찬가지였어."

"살려주세요."

그 말에 빙긋이 웃으며 한나가 대답했다.

"죽지 않아. 그냥 잊힐 뿐이야."

그녀의 말에 클라우드는 대답 대신 처연한 웃음을 지었다. 그것은 사형수가 마지막으로 하늘을 보는 듯했다.

우두커니 서서 그녀가 다가오기를 기다릴 따름인데 한걸음, 한걸음에 미묘하게 바뀌는 표정이 생생하게 느껴졌다.

주마등이라도 보는 걸까 싶었으나 점점 짙어져 가는 것은 미소였다. 작게 움찔거리던 입술은 한나와 가까워질수록 더욱 올라가고 결국 만면에 웃음을 가득 짓게 됐다.

"한나 님, 아니지, 마지막이니까 편하게 불러볼래. 한나 누나."

"말해봐, 동생."

완벽하게 사람의 형태로 모여든 황금색 뇌전. 영롱하

게까지 빛나는 신비로운 금색의 여인이 손을 내밀었다. 그녀의 손은 조금 전 양혁수에게 보였던 것과는 또 달랐다.

준엄하게 잡아채고 심판하는 거대한 손 대신 손가락으로 별무리가 찬란히 흘렀다. 가벼운 손가락의 움직임으로 아롱진 별빛들이 산란하더니 이윽고 그녀의 손이 웨이터의 몸을 관통했다.

마치 수면에 손을 담근 듯 부드럽게 들어가서는 다시금 당겨왔다. 웨이터의 등 뒤로 네 개의 작은 공간이 틈을 드러냈다. 그곳에서 각기 다른 일을 하고 있던 클라우드와 닮은 사람들이 제각각 풀썩 쓰러졌다.

'아메바가 쓰던 기술인가? 분신들을 각기 다른 곳에 뒀었군. 다른 공간에 있는 저들을 한나는 모조리 잡아챈 거고.'

무공이라기엔 지나치게 이능에 가까운 능력이었다. 그러나 이용택 관장의 성정상 딸에게 무공 아닌 잡기를 전수했을 리 만무한 일. 필시 내가 모르는 다른 비전이자 극의가 분명했다.

막강한 대수인의 발전형인 황금색 대수인이 가경할 위력을 보였듯, 20년이라는 세월을 거치며 이용택 관장의 무공과 한나의 경지는 다른 격에 도달한 것이다.

"변명할 생각은 없어. 나를 욕해도 좋아. 하지만 오해는 말아주었으면 해. 이제 한 사람밖에 기억하지 못할 텐데 마지막 내 모습이 너무 초라하면, 정말 죽어서도 울 거야."

"알잖아, 안 죽는다는 거."

"누나도 알잖아, 의미가 없다는 걸.

흩어진 영혼이 모여들 듯, 그녀의 손을 따라서 저편의 클라우드들이 웨이터의 몸을 검게 물들였다. 이윽고 웨이터의 뼈가 뒤틀리고 관절 없는 인형처럼 여지없이 사지가 뒤흔들렸다.

빠지고 뼈가 다시금 맞춰지는 기괴한 소리는 피부 겉면에 이르러 세월을 되돌리듯 외모마저 바뀌었다. 허물을 벗듯 껍데기를 벗어던지고 벌건 피부에 새살이 돋는가 싶더니 아래의 짙은 그림자가 쑥 올라오며 재구성되는 클라우드를 완전히 감쌌다.

나는 이질적으로까지 느껴지는 광경에 얼른 주위를 보았다. 은지 일행이 이를 보면 곤란한 까닭이다. 역행의 칼을 빼앗겼으니만큼 시간이 되돌아갈 일은 없다.

이런 상황에서 저런 모습을 보는 건 여러모로 악영향

을 끼칠 게 분명했다.

한데, 이런 걱정은 기우에 불과했다. 세상이 동결된 듯 아무것도 움직이는 이가 없었던 것이다.

정확하게는 움직이긴 하되 1초를 1년으로 늘린 것처럼 매우 더디게 움직였다. 그 조화는 양혁수로부터 빼앗은 역행의 칼이 빚어내는 조화였다. 회귀뿐만이 아니라 쓰기에 따라 시간을 멈춘 것처럼 만들 수도 있었다.

'가히 최강이군.'

누가 쓰느냐에 따라서 무기는 천차만별의 힘을 발휘한다. 빈틈없는 한나의 대처에 감탄하며 클라우드의 변화를 목도했다.

그의 실체이자 핵은 나와 싸운 양혁수가 사용하던 보법의 정체와도 밀접하게 닿아 있었다. 분신들이 바깥에 있기는 했지만, 이곳에서 영향력을 발휘한 건 저 그림자로 숨어 있었던 까닭이다.

엔트로피의 차원이니 표현하더니만, 클라우드 본인이 순수한 인간이 아닌 다른 무언가와 융합된 개체였었다. 그렇기에 좌표를 찾을 수 있노라고 자신했었던 것 같다.

하얀 피부의 청년은 그림자를 통해 회색빛을 머금었다. 붉은 눈을 보이는 클라우드에게 한나가 부드럽게 말했다.

"말해보렴."

"오늘 역행의 칼을 쓴 건 솔직히 내 잘못이긴 해. 원래 연구만 하기로 하고 가져갔던 거니까. 하지만 저 아저씨는 상당한 괴물이었어. 그 힘이 아니었다면 지금까지 버티지도 못했을 거야."

충분한 힘이 있을 텐데 결사적으로 항거하지 않았다. 클라우드는 어차피 해봐야 다 소용없다는 걸 아는 양 포기하고 그저 받아들였다.

"안전책으로 둔 수가 더 있기는 하지만 결계를 너무 좁게 쳤고, 누나 눈치 보느라 쓰지 못한 게 한이 될 정도였어. 이상현이라는 저자는 이계의 힘을 현실에서 쓰는 존재거든. 배제하고 타도해야 할 대상이었다고 봐. 누나도 이해해 줄 거지?"

그녀가 고개를 끄덕였다.

"또 있니?"

목을 쥐기보다는 머리를 쓰다듬으며 귀여워해 줘야 하는 둘의 대화였다.

"하나 더 있어. 누나는 다이엘란의 칼을 가져가는 나를 굉장히 말렸었지만 난 어쩔 수 없는 선택이었다는 거야."

"시간을 갖고 싶었던 거구나?"

"10년으로 부족하면 100년이면 가능성이 보이려나
했었거든. 비록 영원에 갇혀 있다고 쳐도 누나한테 닿을
수만 있다면 감수하려고 했어. 그래서 누나의 격에 맞추
려고 했던 거야."

꼭 이해해달라고 한다.

"그것도 사리사욕은 맞지 않니?"

"맞아. 하지만 민폐를 준 적은 맹세코 없거든. 절대
내 과거를 욕심으로 바꾸고 수습하려는 적은 없었어. 누
나가 기억하는 내가 그런 사람이 아니기를 바라."

"알았어, 헛똑똑이 동생. 넌 네 나름대로 열심히 했다
는 걸 담아둘게. 바보처럼 엉뚱한 짓을 하곤 했지만 말
이야."

클라우드의 목을 잡고 들었던 한나의 손이 다시금 별
무리를 품었다.

그녀의 손이 아래로 훑음과 동시에 클라우드의 머리칼
이 하얗게 탈색되고 두 눈 역시 하얗게 변했다.

먹을 듬뿍 먹은 붓을 물로 훑듯이 색이 빠지고 있었
다. 그림자가 먹물처럼 뚝뚝 떨어졌다.

클라우드의 송곳니가 편편하게 변했다.

"예전 생각난다. 차라리 그때가 좋았던 거 같아. 정말 힘들었는데도 그때는 당당하게 함께할 수 있었거든. 이럴 줄 알았으면 그냥 그때로 돌아가서 매일 힘들게 살아도 될 거 같은데. 이런 생각하는 내가 누나는 또 바보 같다고 말하겠지?"

"그래도 애썼어."

"고마워. 고마웠고 미안해."

작별의 말로 많은 것을 털어내는 그들.

통할 리 없겠으나 그 의지가 똑똑히 보이는 장면이었다. 몸에서 떨어진 검고 붉은 그림자와 피는 하나의 아우라와 닿아 그대로 증발했다.

자리에 남은 것은 벌거벗은 한 매끈한 남성의 몸이었다. 하나는 선상파티의 테이블보를 당겨서 클라우드의 몸을 가려주었다.

그녀의 말대로 죽은 이는 아무도 없었다. 다만 힘을 잃은 저들만이 남았을 따름이다. 흥미로운 것은 누구도 마력 자체가 몽땅 사라지지는 않았다는 사실.

'완전히 무공을 폐하는 것 같았는데, 어느 정도만 뺏은 건가?'

공력이 줄고 근육과 골격에 왜소해지기는 했으나 이는 전과 비교해서일 뿐이었다.

양혁수의 몸은 여전히 인간으로 단련된 최상의 것이었고 클라우드의 몸도 그림자 같은 덩어리만 사라졌을 따름이지 마력은 여전히 상존하고 있었다.

나는 돌아서서 옅게 지었던 미소를 지우는 한나에게 물었다.

"한 가지 궁금한데, 잊힌다고 들었어. 그런데 힘을 완전히 거두지 않은 이유가 뭐지?"

정말 아름답게 성장한 그녀였다.

수련복을 입고 처음 대련했을 때, 집에 갔을 때 새침하게 보이던 모습, 풍류보를 이용택 관장과 알려주면 바로바로 익혀내는 영특함이 고스란히 떠올랐다.

여동생 같고 딸 같은 느낌이 물씬 드는 건 욕심일까. 참 잘 컸다. 사랑스럽기 그지없는 예쁜 딸이 나에게 말했다.

"내가 준 힘을 거두었다는 뜻이야. 양혁수와 클라우드가 쌓은 업은 그대로 두되 나로 말미암았던 격은 잃은 거지."

멋지다. 과연 신비로운 일이었다. 나는 지금 이 순간

은 물론, 그녀의 목소리 하나하나가 다 반갑고 새삼 기뻐서 거듭 큰 웃음만 나왔다. 반대로 한나는 썩 내가 달갑지 않은 모습이었다.

"그렇지 않아도 이제 아저씨 차례였거든. 덕분에 인연 두 개가 끊어졌어."

둘의 처리를 마무리한 뒤 금빛으로 번뜩이는 몸에서 점점 강하고 단아한 자신의 모습으로 돌아가고 있었다.

허리까지 내려오는 긴 머리칼을 질끈 묶은 그녀는 은은한 광택을 내뿜는 무복 차림이었다.

"용의 비늘이구나."

악어가죽과는 다른 저 모양과 형태를 나는 본 적이 있었다. 디칼립스의 것과 다를 바가 없는 아름다운 견고함. 용의 비늘이었다.

옷의 허릿단에서 시선이 문득 느껴졌다. 그곳에 난 작은 두 개의 눈이 있었는데, 뚫어지게 보는 내 시선에 코웃음 치듯 옷의 형태가 바뀌었다.

감히 어딜 보느냐는 것처럼 긴 코트가 된다. 살아 있는 옷이었다.

"약하기는 해도 비겁하지는 않은 오빠랑 이따금 생각나는 동생이었어. 그런 사람들이 빤히 내가 올 것을 알면서 무기를 썼더라. 아저씨를 보고 호감에다가 부정한 존재라고까지 했고."

"네가 보기엔 어떻게 보이지?"

"육안으로는 그냥 몸 좋은 아저씨 정도로 보여. 중상 모략할 사람들이 아닌데 왜 저런 말을 했을까? 말해줄 생각 있어?"

말뿐이랴. 다 보여줄 마음이 충분히 있었다.

"모두 해줄 수 있지. 한데, 직접 들을 거 없이 네가 보면 다 알 수 있지 않니? 비밀의 시선 같은 종류의 스킬이나 더 나은 무공을 얼마든지 갖고 있을 텐데."

"별걸 다 아네? 맞아. 심안(心眼)으로 보면 다 알 수 있어. 하지만 아무 때나 쉽사리 쓰지 않기로 다짐했거든."

클라우드가 남긴 남은 역행의 칼을 든 그녀가 칼끝을 튕겼다.

"어떻게 그 정도 수준으로 저 둘을 두렵게 한 거야?"

"네가 감춰둔 수만큼이나 나 역시 숨긴 힘이 많은 탓이지."

그녀가 단호히 고개를 저었다.

"감추는 건 없어. 난 상황에 맞는 최적의 힘을 십 할 사용해. 심안을 쓰지 않는 건 내 약속 때문이야."

한나가 자신의 왼쪽 가슴에 살짝 주먹을 맞댔다.

"얼마만큼 말하는지, 거짓말은 어떻게 되는지, 진실은 얼마만큼인지 직접 말하게 하는 거야. 나와의 대화는 하나하나가 둘도 없는 약속이거든. 책임과 대가는 살아가며 치르는 거지. 만약 오늘 한 말이 내일 다르면? 너도 잊히게 될 거야."

"페이엔탈이 있나 보구나?"

"외물에 의존하면 그만큼 정체돼. 더군다나 말하고 지키는 것까지 그런 거에 기대면 바보밖에 더 되겠어?"

약속의 륜을 사용한 신진권과 내가 바보가 되는 순간이었다.

"사람의 마음은 누구도 모르지. 배반을 대비해서 최소한의 안전장치를 두는 건 좋은 일 아닐까?"

"겁쟁이구나? 사람은 원래 변하는 거야. 변하지 않는 사람이랑 평생 살고 싶어? 고분고분하고 말 잘 듣는 인형이랑?"

한나의 말은 분명히 옳은 이야기였다. 나는 겁쟁이가 맞았다. 사람은 원래 변하는 존재였다. 이럴진대 변하지 않기를 바라는 건 아프기 싫고 괴롭기 싫어서, 배신을 꺼리는 내 마음이 친 장벽이자 보호대였다.

　나는 지독하리만큼 예리한 통찰력만큼이나 깊이 뚫고 들어오는 한나의 말에 질문으로 대응했다. 이 문제보다는 다른 이야기를 하고 싶었다.

　"잊힌다는 게 네가 준 격이라고 했지? 그런데 난 네게 받은 힘이 없는데도 괜찮을까?"

　"누가 그러는데 제일 좋은 건 말보다 경험해 보는 거래. 생각 있어?"

　내미는 손을 마주 잡지 못했다. 그러자 한나가 칼로 위를 겨누었다.

　"알겠어. 넌 이계의 신이구나? 쌓아온 업 없이 격을 성취한 자들. 가진 권능에 비해서 정말 나약한 정신의 소유자들. 분명히 다 몰아냈었는데 어떻게 들어온 거지?"

　"심안을 거절한 걸로 그런 사실을 유추하다니. 나로선 이해가 가지 않는군. 좌우지간 맞아. 그들이 말했듯 나는 이계의 존재이고 본체는 new century의 천공수에 있지. 신뢰와 단죄를 펠마돈으로 삼았으며, 이곳에는 이상현이라는 육신에 동화되어 자리했다."

　미래답게 천공수에 오른 플레이어가 있는지, 세계의

이해도가 높은지 한나는 천공수의 진실된 이름을 알고 있었다.

"열망의 탑에 올랐다면 목적이 뭔데? 유치하게 세계 정복? 아니면 초월의 돌?"

"귀찮게 넓은 땅은 가져서 뭐 하려고. 초월의 돌은 처음 듣는 거 같다만 왠지 짐작은 가는군."

"그쪽 말로 신위의 보석이라는 거야. 묻는 걸 보면 그거 때문에 온 건 아닌가 봐?"

"이 지구에도 그게 있었나? 아니, 당연한 물음이겠군. 주인은 누구지?"

호기심에 물었더니 한나는 눈을 가늘게 떴다.

"궁금해? 알려줄까?"

순간적으로 몸이 오싹하게 떨었다. 머리가 홀랑 날아가는 착각마저 든 건 결코 우연이 아닐 것이다. 호승심이 갑자기 치밀었다. 그러나 삼가기로 했다.

생각 같아서는 그녀와 대련을 부탁하며 만상수로 훔치고 싶었지만, 이용택 관장에게 배웠으니 손을 쓸 때는 어마어마하게 확실한 손속을 자랑할 터. 진실로 목숨을 걸어야 가능했다.

물론, 한나와 그런 사이가 되고 싶지 않은 마음이 가

장 컸다.

"전력을 다해 사양하지. 완전히 갈라서고 싶진 않거든."

"두려워서는 아니고?"

"맞다. 네가 날 오해할까 봐 두렵지."

한나가 높이 세웠던 칼을 거두며 묘한 시선으로 나를 보았다. 당장 무슨 무공을 쓰려다가 멈춘 기색이었다. 아마도 무한한 호감을 표시하는 내가 의문스러웠을 것이다.

이는 이제부터 차근차근 들으면 해결될 일이었다.

"이계의 신 아저씨는 여기 왜 왔어?"

"오게 된 사연이 구구절절하지, 목적도 여럿이었고."

쭉 말하려는 내 입을 그녀가 딱 막았다. 말로서 단칼에 자른 것이다.

"서사는 필요 없으니 한 단어로 말해줘. 명확하지 않은 건 다 가짜에다 변명이니까."

잠시 말을 골랐다. 신진권의 노림수를 알고 뒷수습을 할 겸 이모저모로 행한 일. 천공수에 오르다가 피에로를 만나며 열린 회귀 이전의 시대. 엎어진 김에 쉬어간다고 든 작은 나의 욕심.

그래서 우울했던 미래를 나름대로 통통하게 살찌우고 있다 보니 굉장히 일찍 한나를 만나게 된 것까지를 쭉 말하는 건 역시나 길고 길었다.

신진권의 분신들을 처리하는 임무도 내가 저지른 일의 책임이라는 마음이 크지, 세계 평화라는 숭고하고 이타적인 가치관과는 거리가 멀었다.

"정리하자면."

과거로 돌리며 회귀했던 내 삶을 어쩌고저쩌고 불라불라 하는 이야기를 담백하게 쏙 빼고 내 마음에 비추어 표현하면 이 한 마디가 정확하게 맞았다.

"유희(遊戲)지."

"즐기는 거라고?"

아주 매력적이고 정말 놀라운 세상을 보고, 듣고, 느끼고, 맛보는 유희였다. 미래의 기억을 고스란히 가지고 과거로 돌아가 알려주고 싶다는 것. 그게 큰 동기였으니까. 피에로와의 내기를 어떻게든 깨뜨리려고 아등바등하지 않는 원인이기도 하고 말이다.

"여행이라고 하면 더 어감이 좋을는지 모르겠구나. 정말 만나고 싶은 사람도 있고 아끼고 고백하고 싶은 사람도 있으니까. 그중의 하나는 오늘 이 순간 만난 거고."

가족 중에서는 가장 낮은 축에 드는 유명인사가 이블린이었다. 이번의 일이 끝나면 그녀에게 방문하는 것도 꽤 흥미로울 것이었다. 아마 Z&F에서 정한 대진표에 그녀도 랭커니 있을 성도 싶다.

"그런 의미에서 정말 반갑다, 한나야."

"아까부터 지적하고 싶었던 건데, 굉장히 친한 척하는 게 기분 나빠. 나를 알긴 알아?"

"지금의 너는 처음이지. 하지만 과거는 알고 있단다. 20년 전이라고 하면 좋겠지."

"으으! 심안을 확 써버릴까?"

내 이야기에 한나가 무척 갈등하는 모습을 보였다. 단죄하고 철퇴를 가하는 냉엄한 심판의 여신에서 고개를 갸웃하는 깜찍한 모습이 나오니 그야말로 껴안아주고 싶을 정도로 귀여웠다.

"내 심안에 들어오는 게 어떤 의미인지 모르나 본데, 미리 경고할게. 저편에 이대로 관계없어. 낙인이 찍히면 아저씨는 무조건 이제 내 권역에 들어오는 거야. 남김없이 낱낱이 벗겨지지."

"바라던 바로군. 또 들을 게 있을까?"

순간, 한나가 정말로 한심한 동물을 대하듯 나를 보았

다. 저 시선이 내 과거를 공유하며 어떻게 변할지 생각하니 그저 웃음만 거듭 나왔다.

기실 다른 이였다면 시도도 하지 않았을 일이었다. 타인의 시점으로부터 파생한 삶이라는 걸 감당할 이는 많지 않으니까.

거창하게 파생된 우주의 일면이나 시각으로 한다손 쳐도 저렴하게 평하면 이곳은 종속된 세계였다.

지금의 이 미래는 나를 기점으로 피에로의 능력으로부터 비롯한 세계다. 저들의 운명 하나하나는 진짜이지만 그래서 덧없기도 하다. 제아무리 컴퓨터 속 세상이 아름답다 하여도 전원 퓨즈를 내리면 사라지듯이 이곳도 그리 스러질 테니까.

'그래도 너라면 괜찮을 거다. 네 기억을 내가 모두 가져가서 전해주마.'

춤을 추는 꼭두각시 인형이 어느 날 자신을 조종하는 실이 있다고 깨달았을 때, 그 실을 구속으로 생각할지 섭리로 생각할지 누가 알랴.

다만 준비되지 못한 이라면 울분과 자괴감을 느끼리라는 것은 명약관화였다. 한나는 이 어디에도 해당하지 않는 인물이었다. 다 공유해도 좋았다.

그런데 이런 내 무조건적인 호의를 그녀는 다르게 해석했나 보다. 심안이라는 힘을 쓸까 말까 하던 그녀는 결국 쓰지 않는 것으로 결단을 내렸다.

"편하려고 쉬운 길을 가는 건 나랑 안 맞으니까, 내 다짐대로 할래. 다소 아쉽지만, 다음으로 미뤄두면 되거든."

"오해하지 않았으면 싶구나. 딱히 덫을 파거나 노림수가 있는 게 아니야. 순수하게 네게 알려주고 싶고, 보여주고 싶은 기억이 있어서 그럴 뿐이란다. 내 펠마돈이 신뢰와 단죄이니 이로써 약조한다면 조금은 믿음이 갈는지 모르겠구나."

한나는 고개를 설레설레 흔들었다. 웃고 있는 나를 빤히 보다가 처음으로 작게 한숨마저 내쉬었다.

"아저씨야말로 오해하지 마. 내가 그런 걸 신경 쓸 거 같아? 그냥 이건 내 기준의 문제라고. 내가 세운 원칙이니까 웬만하면 지키려는 거야."

"한나야, 그조차도 구속이지 싶구나. 충동이 보잘것없는 욕심에서 비롯한다면 모르지만, 호기심과 관심이라면 그 마음에 따르는 게 낫다고 생각한다. 의식하지 않고 자신의 소리에 귀 기울이는 것도 좋으니까. 익숙함보다는 자연스러움이 나은 법이라는 건 너도 알고 있잖니?"

과거 신진권이 모아둔 불가해의 유적에서 본 비전이었다. 한나의 무공이 어떤 경지에 올랐을는지 감히 내가 평가할 수는 없다. 하지만 이 틀에서 벗어나지 않으리라는 사실은 장담한다. 이는 요령이 아닌 핵심의 이치인 까닭이다.

"그래서 문제야. 아저씬 자연스럽지가 않아. 내가 정한 기준에도 미달이고."

"그 정도까지 결격사유가 많다고는 보지 않는데. 게다가 한 가지 걱정되는 것도 있고."

"뭔데?"

"양혁수가 말하기를 징표를 잃으면 네가 승격한다고 했지. 아직은 믿지 못하는 게 당연하지만 나 역시도 네가 먼저 초월하는 건 바라지 않아. 이제 만났는데 더 대화했으면 싶거든."

"이상하게 궁금증을 만드는 실력이 있네?"

그녀는 칼을 완전히 거두고 더 짙어진 호기심의 눈으로 나를 응시했다. 까맣고 큰 눈에 내가 고스란히 비치니 마치 한나의 만상수에 내가 모두 담기는 거라는 착각이 들었다.

"바보 오빠가 착각한 거야. 자기들 눈에 안 보이니까 내가 어디 간 줄 알고 그래. 하긴, 심안의 공능 때문에 그렇게 됐으니 이해 못 하는 건 아니지만."

"심안은 모든 것을 볼 수 있는 눈으로 아는데, 그 이상으로 효과가 있나 보지?"

"그런 이기적인 건 신의 권능 같은 데서만 있는 거야. 보는 만큼 보이게 되는 건 당연한 섭리거든. 만약 아저씨한테 심안을 쓰면 내가 아는 만큼 아저씨도 능력만큼 나의 격을 엿볼 수 있어."

보이는 만큼 얼마나 공유하고 가져갈 수 있을는지는 각자의 몫이겠지만 이치는 그러하다고 했다.

"심안의 요체는 소통인 거군."

"세상 만물이 다 소통하고 융통하는 거야."

과연 옳은 이야기다. 자신의 무공이 한 단계 올라 스킬로 치면 랭크가 올라가고 무공의 성취 역시 일취월장하는 셈이지만 체득과는 거리가 먼 까닭. 그것은 거인의 어깨에 올라서 구경한다고 거인이 되지는 않는 것과 같았다.

세상은 자신의 키만큼 볼 수 있고 마음만큼 감당할 수 있다. 한나는 그 성장의 길을 차근차근 보여준다고 했다. 책의 첫 번째 장을 이해하면 두 번째 장을 펼칠 수 있듯이. 그래서 노력과 끈기가 필수다.

단, 서두르면 무조건 정체된다. 첫 번째 장을 제대로 읽지 않고 그다음, 나아가 결과를 보려고 하면 작은 해답은 얻을 수 있으나 격으로부터 멀어지는 것이다.

양혁수를 보고 3년째 제자리라며 한심해한 이유가 여기에 있었다.

"그 이상? 볼 테면 봐봐. 하지만 누구도 감당한 사람은 없었어."

자신의 변화를 목적으로 삼아야지 다른 누군가를 목적으로 삼으면 곤란하다. 삶은 남을 위한 게 아니라 나를 위한 것이며 그 방편으로서 더불어 사는 삶이 권장될 따름이다.

"징표라는 건 뭐지? 마치 모으면 너를 부를 수 있는 것처럼 이야기하던데."

"남자들은 우스워. 그냥 수호부(守護符)인데 서로 만나서 티격태격하더니 언제부턴가 그렇게 바뀌었거든."

"안전장치 같은 거군. 그릇보다 큰 걸 담으면 깨지게 마련이니까 그때 바로 심안에서 퇴출해 버린다?"

"맞아. 돌아올 수 없을 정도가 되면 자기 삶을 사는

게 좋거든. 누구나가 다 격을 이루는 게 길은 아니야. 무공은 사실 요령에 불과해. 자기가 행복할 다른 일을 찾으면 된다고. 그게 꼭 승격일 필욘 없어."

'아, 이 아이도 서른이 넘은 시점이었지.'

인생관이 물씬 묻어나는 그녀의 말에 새삼 나이를 의식했다. 외모 어디를 봐도 그런 기색이 없고 활기찬 목소리에 행동거지까지 거침이 없는 청춘이지만 그 기조엔 깊은 통찰이 묻어났다.

"하긴, 가족도 함께 있는데 승격은 아직 이르겠어. 부모님은 다 잘들 계시지?"

"참 이상한 아저씨야. 아빠랑 엄마를 정말 아는 거 같아 보여."

"말했잖아. 내가 아는 모습은 현재가 아닌 20년 전의 과거라고. 궁금하면 바로 보기만 하면 된단다."

"싫어."

한나가 거절했다. 더는 관련된 대화를 하지 않겠다는 듯 단호한 기색이었다. 이를 끝으로 유리시켰던 시간의 흐름마저 다시 되돌리려 했다. 돌아가겠다는 듯 그녀의 몸이 황금색 빛으로 물들었다.

저 상태로 움직이면 말 그대로 빛의 속도로 사라지게

된다. 느긋하게 있던 내가 다급해질 수밖에 없었다.

"알려다오. 내가 왜 비겁하지? 왜 자격이 없다는 거지? 힘이 부족해서냐? 그렇다면 이걸 보려무나."

일그러진 륜을 통해 저편의 문을 열고자 했다. 실낱같이 줄인 틈을 활짝 벌려 급속히 동기화를 이루려 한 것. 그러자 한나가 처음으로 눈살을 찌푸렸다.

"얕은 수 부리지 마."

한나의 미간으로 황금색의 영롱한 빛이 어렸다. 아름다운 보석과도 같이 빛을 산란하는 황금색의 눈은 천공수에서 본 곤바로스의 거대한 눈처럼 묵직하게 내 영혼을 강타했다.

눈을 바로 뜨는 것만으로 이상현의 몸이 옴짝달싹 못하고 작살에 맞은 물고기처럼 바들바들 떨었다. 압도당한 것. 이를 바로잡는 것은 역시나 천공수의 있는 내 몸이었다.

일그러진 륜이라는 매개를 타고 경직된 몸과 거미줄에 걸린 듯 멈춘 이상현의 자아가 다시금 움직였다. 그런 내 앞에 한나가 얼굴을 보였다.

"불사가 맞긴 해. 게다가 본체도 정말 높이 있고. 두 사람이 고생할 만하긴 했어."

같은 선상에서였지만 이토록 가까이 마주한 것은 처음이었다. 숨결이 느껴지고 그녀의 체온과 향기마저 생생하게 다가왔다. 두 눈은 물론, 온몸의 힘이 쭉 빠지며 녹아내릴 것 같다.

모든 신경과 사고가 오직 그녀를 담는 데 치중했다. 상상할 수 없는 아름다움에 내 심장이라도 꺼내서 바치고 싶어진다. 동기화될수록 밝아지는 내 눈으로 한나를 감싼 격벽들이 보였다.

'너도 봉인했던 거였구나.'

세상을 그녀로부터 보호하는 저 결계로부터 이용택 관장이 떠올랐다. 그때 풀어진 내 마음에 비수가 꽂혔다.

"근데 난 비겁한 사람은 딱 질색이야."

"불사의 능력 없이도 난 양혁수를 쓰러뜨렸단다. 클라우드도 능히 이겨낼 자신이 있어. 보렴. 이 정도면 자격이 되지 않니?"

나는 양혁수와 일전을 벌였던 그 수준까지 받아들인 힘으로 외공의 극의를 펼치고 꽉 주먹을 움켜쥐어 하늘을 향해 권법과 각법을 쓴 뒤 본연의 스킬까지 몽땅 보여주려고 했다.

"정신 사납게 촐랑거리지 마. 난 유나 언니랑 달라서

방정맞은 남잔 딱 질색이야."

번쩍 솟아서는 허공에 무공을 난사하는 저편으로 황금색의 한나가 나타났다. 발끝을 튕김과 동시에 꽃잎처럼 흩어진 그녀의 잔상은 아홉으로 나뉘더니 환혼장벽과 대수인, 각법의 흰 광채들을 모조리 상쇄시켰다.

'어떻게 이럴 수 있지?'

깨지면서도 의아했다. 각양각색의 내 공격들을 한나는 모두 한 손을 내미는 것으로, 장법 하나로 모두 소멸시켰다. 그 아름다움에 다시금 눈길을 빼앗겼다.

아홉의 한나가 다시 하나로 돌아왔다. 예의 내게 다가와 황금빛의 일장을 내미는 그녀. 막아야 함에도 어찌 감히 그녀를 향해 손찌검할 수 있으랴. 손을 거두고 가슴을 내주었다.

아름다운 손 하나가 내 몸에 닿았다. 일순, 내부 공력의 모든 흐름이 와장창 깨졌다. 뒤로 떠밀리거나 거센 폭발이 일어나지는 않았다.

그저 내 방어가 산산이 부서진 만큼 힘을 잃은 육신이 그대로 한강에 떨어질 따름이다.

본신의 힘이 아직 태반은 남았다지만, 이렇게까지 압도적으로 당할 줄이야. 갈등이 커졌다. 양혁수 때랑 다르게 그녀를 상대하려면 법력이 필요했다. 한데, 그걸 가져오면 이 시점의 미래는 이제 영원히 안녕이었다.

'어쩐다.'

지금의 실력으로 어떻게든 한나를 설득해야 하는데, 그 방편이 뭘까. 이성적으로 사고해 보기로 했다. 환혼력을 일으켜 몸과 마음을 모두 차갑게 식혔다.

말을 돌려서 표현하고 꾸미는 것보단 돌직구를 던지는 편이 좋을 거 같다.

"간곡히 부탁하마. 내가 자격 미달인 이유를 알려다오."

클라우드가 그러했듯이 손을 거두고 마음을 담아 이야기하자 돌아서려던 한나가 대답해 주었다.

"유희랬잖아."

명쾌한 답변이었다.

"각자의 삶이 소중한 이유는 그 삶과 기회가 한 번이기 때문이야. 아까 잠깐 봐서 아저씨 말이 거짓말이 아니라는 것 정도는 알았어. 그런데 이봐요, 초짜 신 아저씨. 여기서 사는 사람들은 이곳이 전부랍니다. 그 정도는 이해하죠?"

유치원생에게 다독이듯 한나가 말했다.

"유희라는 말이 뭔지 몰라? 놀 유(遊) 자에 놀 희(戱)야. 그런 마음가짐으로 힘만 세졌다고 사람 취급해 달라고? 어휴. 그냥 아저씨 식대로 구경이나 하고 돌아가. 분탕질을 치면 그땐 제대로 없애줄게. 단, 유희를 할 거면 어쭙잖은 일은 하지 마."

경멸하고 철저하게 자신과 유리시킨 저 태도에 마음이 아팠다. 한나가 나를 이렇게 본다는 사실이 속상하고 서운했다. 더불어 이성적으로도 인정할 수 없는 이야기이기도 했다.

"난 한 번도 진심이지 않은 적이 없었다."

"마음을 제대로 쏟지 않는다는 뜻이야."

"내가 비겁하다는 말과 관련이 있는 거니?"

"맞아. 불사라는 특성이 잘 보여주거든."

정색하고 보는 한나의 박력에 뒤로 물러서고 말았다.

"봐봐. 한 사람이 일으킬 수 있는 가장 큰 기적은 한 사람을 죽이는 거라는 말이 있을 만큼, 삶은 숭고하고 치열해야 해. 한 번 놓친 시간은 다시는 오지 않아. 그렇기에 순간에 온 힘을 다하고 기회를 잡으려면 죽을 각오로 절박해야 하는 거야. 그런데 아저씨를 봐봐. 스스로 말하길 유희라며?"

"그건……."

"이곳을 무대로 삼은 두 신 중에서 우리가 왜 그를 도 왔는지 알아? 곤바로스가 왜 박살 난 줄 모르지? 곤바 로스랑 달리 그는 전부 가지고 와서였어. 오직 하나의 목숨에 하나의 생명으로 한 번의 삶에 모든 것을 건 거 야. 그래서 도와줬어. 진심이었거든."

말이 턱까지 차올랐다가 공허하게 사라졌다. 정말이지 할 말이 없었다. 한편으론 억울한 감정도 들었다. 입장 의 차이는 있으나 내 마음조차 거짓인 적은 맹세컨대 없 었다. 얄팍한 계산으로 상대를 우롱한 적도 없었다.

한데, 한나는 결과가 아닌 마음과 원인, 그 자체를 보 고 있었다. 말 그대로 자격의 문제라 한다. 잠시 펼쳤던 심안으로 나의 행적을 읽은 그녀가 말했다.

"크기의 문제가 아니야. 전부를 주느냐 일부를 주느냐 의 문제거든. 아저씨가 음악하고 즐겁게 경험한 이곳의 인연들을 생각해 봐. 살면서 만나고 헤어지는 일은 부지 기수야. 하지만 아저씨는 존재 자체가 비겁해."

"난 누구에게도 손해를 끼친 적이 없어."

"더 큰 걸 줬으니 됐다? 헤어질 때 선물을 줄 테니 마 음의 빚을 없앤다? 마음을 돈으로 산다는 거랑 뭐가 달라? 아저씨는 기본 자격이 안 돼 있어. 진지하게 살아갈 준비가 안 돼 있단 말이야."

대꾸하는 내 목소리에는 힘이 빠져 있었다.

"왜 그렇게까지 생각하는 거지? 네 말대로 각자의 삶을 존중했고 그들이 원하는 행복으로 도왔는데?"

"이상현이 없어졌잖아."

오해였다. 내가 이상현이었다. 미래의 내가 과거로 갔었고, 다시금 돌아와 지금을 경험하고 있는 거다. 내 삶인데 내가 없어졌다니? 이를 구구절절하게 어찌 설명하겠는가.

심안으로 나를 봐줬으면 싶었다. 내 삶의 궤적을 낱낱이 본다면 분명히 이해할 것이다.

"내가 과거의 그고 미래의 그가 곧 나란 말이다."

이를 종용하자 한나가 고개를 설레설레 저었다.

"한심해, 정말 한심해."

픽 웃은 그녀가 황금색으로 몸을 물들였다. 돌아가려는 것. 이 정도로 미움 받으면 정말 돌이킬 수 없었다. 1초 남짓한 짧은 그 변화에 당장 나는 일점집중의 권을 뻗었다.

그리고 질충의 기세로 달려가서는 시간을 유리시킨 남

은 한 자루의 칼을 거머쥐었다.

검계를 구현했다. 모든 힘을 검극에 세우고 저편의 나로부터 환혼력을 끌어왔다. 상승의 검술이자 에일락 반테스의 극의인 발테리아스를 뽑아 올렸다.

"지금 무슨 짓을 하는지 이해는 하는 거지?"

안다. 그저 네가 떠나는 걸 막고 대화하기 위해 이러는 것이라는 걸.

방법이 과격한 건 현혹된 정신의 상처가 아직 봉합되지 않은 까닭이고, 제임스보다 호캄의 특성이 더욱 강하기에 이리 급하게 움직인다는 것을 모두 알았다.

작은 이성이 말했다. 기회는 더 있다고. 지금 실망을 안기더라도 다음을 노리면 된다고. 그러나 몸이 지금 잡으라고 소리쳤다.

"다 구차한 일이지만 이리된 것 알려나 다오. 지나고 나면 후회할 게 뻔하지만, 어차피 할 후회라면 다 하고 나서 병신이 되고 말련다."

"정말 실망스러워."

위협적으로 들이민, 아직 내려치지 않은 나의 발테리아스를 그녀가 왼쪽 주먹을 올려치며 박살 냈다. 다음으로 수중의 검이 오색의 영롱한 빛을 뿜으며 찰나에 사라졌다.

구현한 검계가 좌우로 쭉 찢어졌다. 나 역시 준비했던 바, 찰나를 쪼개는 움직임에 반응하여 검술로 방위를 선점하자 그녀의 검이 스스로 살아 움직이듯 요동쳤다. 그리고 의식이 끊겼다.

정신을 차렸을 때는 둘로 쪼개진 내 몸이 쓰러지던 순간이었다. 쥐고 있던 검은 그녀가 회수한 상태였다.

"뭐야, 그 뻣뻣한 검은? 정신이랑 몸이랑 검술이 다 따로 놀잖아? 조화도 없이 극의만 내세운다고 뭐가 될 거 같아?"

한나는 본류로 돌아가는 시간을 다시 유리시켰다. 저들이 깜짝 놀라는 제스처를 미처 취하기도 전에 정지하듯 멈췄다. 그녀가 성큼 다가왔다.

"인연을 소중히 해? 만남에 온 힘을 다해? 같은 이상현? 착각하지 마. 과거에서 신이 됐든 이상현이든, 이계의 가짜 신이든 간에 아저씨가 온 순간 이상현은 없어졌어. 그는 어렵긴 해도 자기 가정을 지키려고 아등바등했던 사람이야. 요령은 없어도 열심히는 살던 사람이었어."

미간의 황금색 광안(光眼)이 나를 관통했다. 아늑하게

햇살처럼 퍼지며 세상의 정보를 받아들이며 소통했다.

"그런 남자가 처자식을 단번에 버린다고? 각자 삶을 살자니 이런 웃기는 소리가 어디 있겠어? 무너진 신뢰니 어쩌니 하지만 솔직히 말해봐. 책임지기 싫은 거잖아. 구경하고 자유롭게 살려는데 거치적거린 거 아니야? 시간을 돈으로 보상한다고?"

"네가 본 건 기록에 불과하다. 다른 남자와 통정하는 건, 과거든 미래든 나는 용납할 수 없어."

"그럴 수도 있지. 가치관이라니까 인정해. 사람마다 선이 다르잖아. 근데 아저씬 절대로 위선자야. 그걸 그렇게 여기는 사람이 부인한테 어떻게 했는데? 열녀문 세워주길 바랐어? 책임은 다하기는 했고?"

"가장으로서 노력했지."

"그 가정이 혼자 노력한 거로 일궈지긴 해?"

화를 내며 손을 떨쳤다. 황금빛 손에 환혼장벽으로 대응했으나 여지없이 부서졌다. 의식이 다시금 끊어지고 저편의 시점으로 주시하는 내가 보였다.

3자의 시점에서 다시금 내려오는 기분. 떠나려던 영혼이 조각난 몸을 수습하며 다시 내려서는 모양과 같았다.

"인연을 소중히 하고 진심으로 대한다는 건 좋아. 요즘은 촬영도 하는 중이라지? 감독이 영감을 받았다는 데다가 세 사람에게 무공까지 전수했어. 음악은 취미로 하고 연주를 즐기는 직장인들한테 자랑하듯 연주 스킬도 줬지."

환하게 웃으며 다가오는 그녀 탓에 내 육체가 저절로 떨렸다. 겁을 먹은 것이다. 제임스의 몸이 필요했다. 소울이터의 힘이 존재해야 그녀를 감당할 수 있었다.

"멋져. 참 좋아. 나쁠 거 하나도 없었잖아. 그런데 그러면 안 되는 거야. 힘이나 쓸모가 아니라 마음이 남고 마음이 전해져야 하는 거라고. 제멋대로 뿌리고 혼자 만족하면서 멋진 척? 이봐요. 아저씨는 한 올의 인연도 감당할 자격이 없거든요."

겁먹은 본능을 대신하여 한숨 내쉬며 어떻게든 제어하려던 이성이 부상했다. 어차피 싸워봐야 손해다. 하지만 그녀의 무공을 이렇게나마 보는 것은 도움이 되는 일.

두두의 땅구름에 보법과 유술을 접목하며 근접전을 유도했다. 내 처지에 대한 설명으로 이해시키려는 노력도 함께했다.

"한나야, 지나친 말이다. 내가 준 힘은 저들의 인생을 고려했고, 이곳의 질서에 어긋나지 않는 선에서 삶을 윤택하게 살 수 있도록 준 것들이었어. 게다가 너도 잘 알지 않니? 준다고 받을 수 있는 게 영감이 아니라는 걸."

한나가 손을 올렸다가 지긋하게 눌렀다. 순간 머리가 부러지고 어깨가 비틀리는 엄청난 압력에 몸이 납작 바닥에 눌렸다.

격하게 떨리던 몸을 검이 누비는 것으로 다시금 죽고 나는 살아났다. 오체분시 됐던 몸이 이어 붙고 나는 엎어진 채 말했다.

"영감이라는 것도, 감동이라는 것도 내가 선사한 게 아니라 그들이, 준비된 사람들이 자신의 노력에 부응하는 대가로서 받은 거란다. 만약 정말로 바꾼 거라면 나와 마주한 모든 이가 변혁을 겪었어야 하지 않니?"

"신격을 이루면 다들 삶을 유치하게 보는 걸까? 다른 이들은 왜 하찮게 생각해?"

"결과적으로 모두가 좋아졌다."

"근데, 그게 순수한 자신의 길이라고 생각해? 도대체 두루두루 좋다는 핑계로 행복을 왜 강요하고 다니는 건데? 기쁘면 그게 다 행복이야? 삶이 우스워? 유희체를 몇 개 가지고 있으니까 기억 같은 건, 추억 같은 건 그냥 그런 거지?"

다가와 밟으려는 그녀의 발을 붙잡았다. 나뭇등걸에 올라타듯 사지로 확 잡아채며 비틀고 움켜쥐어 부수려고 했다. 겁먹은 호캄이 살고자 했고, 이성은 정보 획득을 위해 무공을 보고자 그녀를 공격하라고 종용하였다.

거대해진 몸이 여리디여린 그녀의 몸을 뱀처럼 감아서 옥죄었다. 살 냄새에 다시금 감격스럽고 품에 있다는 사실이 황홀했다. 그리고 전신이 꿰뚫린 내가 다시금 널브러졌다.

사인은 그녀의 용비늘이 뾰족한 가시를 낸 거였다. 그녀의 허리 쪽 작은 용의 시선이 '어딜 감히'라고 하는 듯했다.

저편의 나를 입으며 다시 육체를 수복했다. 이런 나를 한나가 똑똑히 보았다. 정확하게는 천공수의 본체를 마주한 것이다. 그녀가 놀라 눈을 크게 떴다.

"그런 거였어?"

그녀가 양손을 가볍게 벌렸다. 벌어진 두 손으로 옅은 떨림이 일더니 진동이 몸 전체를 타고 종처럼 울리고 마침내 그녀의 몸 바깥의 모든 것을 가루로 만들었다.

배의 표면부터 잘게 흘러내리는 힘은 다가가면 믹서기

에 갈리듯 저리될 것이라고 예언하는 듯했다.

나아가 클라우드를 붙들듯이 그녀의 손이 나를 훑었다. 투과한 손짓에 따로 놀던 내 몸이 안정을 되찾았다.

"아저씨도 참 기구하고 파란만장한 거 같아."

아니라며 설명하려 했으나 그녀가 '쉿' 하고 말했다. 역행의 칼이 내 몸을 기점으로 빙글빙글 회전했다. 그럴수록 저편에서 오던 내 힘이 멀어지며 나를 둘러싼 시간이 되돌아갔다.

자연스레 내 입이 다물어졌다.

"방법이나 결과가 아니라 태도를 말하는 거예요. 펠마돈이 단죄랑 신뢰라고 했죠? 상처받는 게 그렇게 싫어요? 모두한테 좋고만 싶었어요? 좋은 모습만 여기저기 보여주고 싶었나 보네요."

무섭게 보던 기세를 거두고 한나는 누워선 내 머리를 쓰다듬어 주었다. 다친 짐승을 다독이듯이 자상하게 보았다.

"그리 살아도 돼요. 그리 살아도 괜찮아요. 하지만 무(武)의 격은 그래선 곤란해요."

심안을 거두고 노을빛의 시선이 미간에 있었는데, 이를 마주하자 심신이 이완되며 몸이 풀어졌다. 평화의 불씨와 같은 효과의 힘이었다. 갑자기 어머니가 떠올랐다. 문득, 그리 생각이 들었다.

"너와 마주하려면 저편을 모두 버리고 와라, 이 말이니?"

"이제 이해했네요."

"내가 많이 느려서 그래."

"선택은 아저씨의 몫이랍니다."

한나는 내 대답에 개구쟁이처럼 씩 웃었다. 그리곤 머리칼 하나와 용비늘을 떼어 새끼를 엮듯 꼬았다. 이를 내 이마에 올려둔 뒤 일어섰다.

"각오가 되면 불러요. 그땐 제대로 봐줄 테니까."

예의 황금색으로 물든 한나는 올 때처럼 번쩍이며 사라졌다. 나는 이번엔 그녀를 붙잡고자 애쓰지 않았다.

반복되던 시간, 멈추었던 흐름이 다시금 정상을 되찾았다. 배에 오르려다가 사라진 나와 갑자기 가운데가 동그랗게 뚫린 유람선. 죽은 듯이 쓰러져 있는 양혁수와 클라우드를 보고 뒤늦게 사람들이 호들갑을 떨 따름이었다.

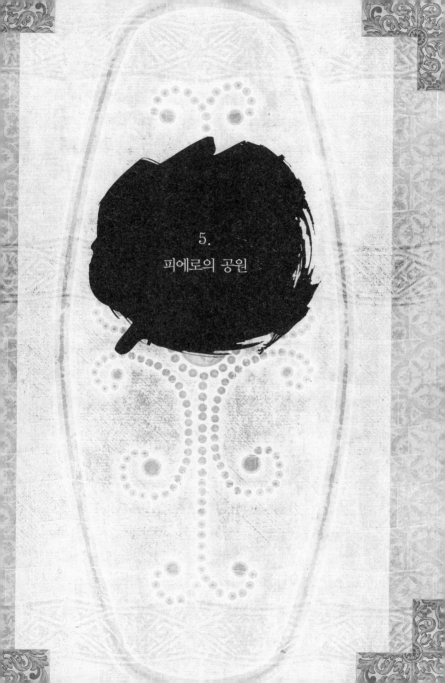

5.
피에로의 공원

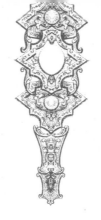

　미스터리한 사고로 촬영이 잠시 중단됐다. 단순히 배에 사고가 난 정도라면 언론에 작은 보도문이 나오는 것으로 끝났을 테지만 치사량 이상의 피를 흘린 양혁수와 알몸 상태로 의식을 잃은 클라우드가 있었기에 사고가 큰 이슈가 되어버렸다.

　여기에는 한창 뜨거운 감자로 방송 이전부터 화제를 몰았던 무림 고수의 세계, 방송도 한몫했다. 고작 달인과 고수, 랭커라는 첫 사이클을 채우기도 전인데 한쪽에선 지진이 나고 한쪽에선 의문의 사고가 터지니 이만큼 파란만장한 방송이 또 어디 있으랴 싶을 따름이다.

"덕분에 우리도 강제 휴식이네요?"

"잘됐지 뭐. 너무 열심히 일했으니까 이젠 좀 쉬자. 옛날처럼 그냥 방송만 하고. 요즘은 떠도 너무 떴었고 지나치게 바빴다니까?"

은지와 용수, 그리고 진석은 왁자지껄 떠들더니만 다시금 의기투합해서는 지금까지 그래 왔듯이 흥미로운 방송 소재를 찾고 아이템을 준비했다. 여기에 나도 함께하자고 하였다.

"이번에 계약금 무지 받았거든요. 와서 지내시지는 않더라도 가끔 들러주세요. 저희 아빠도 선생님한테 무공 좀 배우셨으면 하세요."

고마운 배려와 이야기였다. 어제와 같았다면 마음만 받고 제안은 거절했을 것이다. 세상을 두루 구경하고 여행하는 것. 그 이후 돌아가는 것이 나의 목적인 이유다. 하지만 한나에게 따끔한 회초리를 맞았기에 오늘의 마음가짐은 달랐다.

"나중에 문전박대만 하지 않는다면, 나야 언제든 좋지. 주기적으로 찾아와서 다들 제대로 수련하는지 봐주마. 대신 게으르게 하면 다신 안 올 거야."

"걱정하지 마세요. 이렇게 좋은 다이어트가 또 어디

있는데요?"

"선생님, 여기 이 소리를 들어보십시오."

용수가 녹음기를 틀었다. 시원하게 변기 물이 내려가
는 소리와 환호에 찬 목소리도 함께였다.

"갑자기 이게 뭔데?"

"아리따운데 변비로 고생했던 처자의 막힌 물 내려가
는 소리입니다. 옛날 버전이죠."

저쪽에서 벌게진 얼굴의 은지가 몸을 날리기 전에 용
수의 머리통을 쾅 박아주었다.

"이놈아, 이거 범죄다."

녀석이 바닥을 나뒹굴었다. 마음의 빗장이 지나치게
열리니 다 큰 녀석들이 좋아하는 여자 치마를 들추는 것
처럼 해서는 안 될 짓거리를 하고 있었다.

마력의 흐름을 완전히 정상으로 돌려 야영 스킬을 완
전히 거두었다. 이후 죽마고우답게 왁왁 소리를 내며 티
격태격하는 저들과 구경하는 진석의 어깨를 한차례씩 두
드렸다.

하나하나 눈을 마주치니 채 반년도 되지 않는 짧은 시
기 동안 있었던 일들이 아련하게 떠올랐다. 밝고 바람직
한 청춘들이었다. 이들 덕분에 참 재미있게 지냈다.

한창 화제가 되는 유람선의 사고로 연신 말들이 많은 동안 나 역시 고민과 자숙의 시간을 가졌다. 주된 화두와 골자는 진심과 전부라는 단어였다. 사실 한나의 말은 그녀의 가치관이자 삶에 지나지 않았다.

각자의 원칙은 각자의 것이다. 누구도 삶을 평가절하 할 수는 없었다. 이것을 타협하고 존중하게 되는 이유는 함께하게 될 때였다. 삶의 공간을 공유하며 어울릴 때다.

바깥에서와 마찬가지로 나는 한나와 친구로 지내고자 했다. 그러자 그녀가 제안한다. 자신의 기준으로 진심과 전부를 가져오라고. 그러면 보아주겠노라고. 이는 조금의 강요도 없었다.

다만 쉽지는 않았다. 내 목적은 바깥의 시간이 더디게 흐르는 동안 이곳의 시간을 마음껏 향유하고 진짜 내 가족들에게 재미난 이야기를 해주려는 거다.

더불어 신진권의 분체들은 물론, 에일락 반테스에다 월향과 강유나라는 종속된 관계까지 이곳의 인연보다 더 넓고 많은 인연이 현실 세계에 존재했다.

'마음은 크고 많고의 문제가 아니라고 했지만, 어쩔 수 없이 저울질하게 되는구나.'

틀린 건 없었다. 다만, 한나의 따끔한 조언은 저울질하는 것 자체가 위선이라는 사실이었다. 진심이면 진심답게 처신하라니 어찌하랴. 그게 싫으면 자신과 나란히 눈을 마주칠 생각을 하지 말라는데 말이다.

달라진 건 없었다. 까짓, 그냥 처음 생각대로 이곳을 구경하고 자료만 잘 챙겨서 현실로 돌아가면 그뿐이었다. 극의를 두루 수습하고 만나면 이래저래 골치 아픈 한나 급의 초강자인 신진권과 강유나는 안 만나면 깔끔하게 해결된다.

한데 이러자니 한나의 징표가 마음에 걸렸다.

"선택은 아저씨의 몫이랍니다."

이 부분에서 다시 처음으로 질문을 되돌렸다. 이를 반복한 끝에 나온 내 해답은, 인정할 것은 인정하고 고친다, 시간 순서로 해결하겠다는 거였다.

그러자면 이 미래라는 세계는 내 삶의 2막으로 두고 1막에서의 모두를 종결하는 편이 옳았다.

이리 마음먹고 나니 지금까지 참 일을 더 크고 더 많이 벌리며 살아온 것 같다. 이번엔 제대로 갈음하고 올

요량이었다.

"저쪽의 시간으론 오래 걸리지만, 이곳으론 아주 잠깐이지."

은지 일행이 당최 모르겠다는 반응을 보였다. 대표하듯이 진석이 물었다.

"스승님, 잠깐이면 언제 오시는 겁니까?"

"반나절 후."

대답을 듣고 은지 일행이 웃었다. 왜 같은 이야기를 그리 이상하게 하느냐는 투였는데 나도 마찬가지의 마음이었다. 거짓 없이 솔직하게 말한 건데 어째 하고 나니 이상하게 돼버렸다.

"그런데 그 팔찌는 어디서 사셨어요? 되게 예뻐요."

머리칼 한 올에 용비늘이 가미된 하나의 징표. 손목에 묶고 있으니 어떤 보석 팔찌보다도 고급스러웠다.

"선물 받은 거란다. 나중에 올 때 필요한 거지."

은지가 팔짱을 끼고는 말했다.

"오늘 되게 이상하세요. 자꾸 이상한 이야기만 하시고."

"처음부터 이상한 사람이지는 않던? 공원에서 동물이랑 있었는데도?"

대꾸하자 그렇다고들 또 대답하며 연신 웃었다. 나는 일행이 옛날 있었던 일을 주고받는 것을 잠시 구경하다가 사무실을 벗어났다. 이후 한 곳, 한 곳씩을 돌아보았다.

최근의 일부터 하나씩 되짚어보기로 했다. 무도 총맹에 들러 수련하는 이들을 보았고 전 회장인 고관회는 보지 못했지만, 현 회장인 진현기라는 인물과 인사를 나누었다.

균열이 가득하게 난 건물은 완전히 허물고 아예 요즘 상향된 실력자들에게 맞는 수련장으로 새로 짓는다 했다. 다음은 백림 공원과 도서관이었다. 미령이는 스펠러 시험에 합격하고 더는 사서로 남아 있지 않았다.

책도 그대로이고 사물들 역시 그대로였건만 자주 보았던 인물이 없으니 조금은 헛헛한 마음이 들었다. new century의 역사를 다시금 훑어보았다. 내가 읽었던 부분은 모두 또렷하게 기억났다.

나오며 박관호 감독이 새로 기획한 영화의 캐스팅 홍보문도 보았다. 그렇듯 하나씩, 하나씩 되짚어서 마지막으로 보게 된 사람은 당연하게도 내 아내였다.

바뀐 옷차림을 비롯하여 과거의 그늘진 모습은 조금도

보이지 않았다. 아들과 봄나들이라도 다녀왔는지 장난감 선물에, 군것질거리까지 가득가득 안고 있었다.

이를 끝으로 명상하고 홀로 생각하기 가장 좋은 장소, new century의 캡슐방에 들어갔다.

팔찌로 감아두었던 한나의 머리칼을 풀어서 들었다. 저편의 나를 불러 인벤토리 기능을 활성화한 뒤 그녀가 남겨준 징표를 보관했다. 그리고 차분하게 가라앉은 숨을 토대로, 끌어당기지 않고 나의 의식을 모두 비운 뒤 밀어내었다.

천공수로 돌아가기로 한 것이다. 그 과정은 어렵지 않았다. 작은 문 너머에 있는 코끼리를 방 안으로 들여오는 건 불가능한 일이지만, 방 안의 사람이 코끼리를 만나러 문밖을 나서는 일은 매우 간단했다.

문을 열고 그냥 나가면 됐다.

처음 느껴진 변화는 드나드는 숨의 차이였다. 코와 입이 아닌 의식하지 않아도 온몸으로 마력과 마력이 순환하며 의지에 따라 동조현상을 이루고 있었다.

완성한 숨법과 이를 바탕으로 최고조에 이른 소울 이터의 육신은 과연 한낱 인간과 호캄의 야수와는 격이 달랐다. 두꺼운 장갑 서너 개를 끼고 움직이다가 이를 모두 벗어던진 듯 감각의 수준 역시 비교를 허락하지 않았다.

2층을 단번에 아우르는 시야. 동시에 모든 정보가 처리되고 인간이던 나의 고민과 산적했던 의문, 애쓰며 외운 정보들이 단칸방에 있던 짐을 공설운동장에 툭 턴 것처럼 티 나지도 않고 단순한 문서로 처리됐다.

『다녀왔어?』

착 달라붙는 날렵한 가죽 갑옷에 장총을 둘러맨 요정이 내 이마에 앉았다. 나는 누워 있는 몸을 꼿꼿한 막대기를 세우듯 누운 자세 그대로 일으켰다.

폴짝 뛴 유나가 나비처럼 날더니만 자연스레 어깨에 앉았다.

"오랜만이네요, 루타타. 다 보았겠지요?"

『응. 재밌었어. 그럼 세이브 시점은 거기로 삼을 거야?』

"그럴 생각입니다. 저 시점으로 시간을 동결하고 이후 준비를 마치면, 이곳의 일을 일단락 짓고 나서 시작할 요량이지요. 물론 그전에 선결 조건이 있지만 말입니다."

『피에로의 능력?』

고개를 끄덕였다. 내가 경험하게 된 미래는 피에로가 열어주었다. 일그러진 룬을 통해서 나는 본체와 저편의 나를 오가게 했지만, 엄연히 이 현상의 주인은 피에로였다.

내 몸이 문이라면, 피에로는 문을 만든 제작자인 셈. 2층을 돌파하여 이곳을 점령한다면 피에로는 다시금 사라진다.

『폭력이 금지된 공간이었지?』

"예. 가히 법칙이었으니까요. 게다가 이런 식으로 삶을 구경하고 돌아본다면, 다른 의미로 영생하는 것이나 마찬가지 아니겠습니까? 덕분에 극의도 가져왔으니까요."

나는 피에로가 구성한 2층의 놀이동산을 보았다.

자욱한 분홍색 가루 사이로 꽃잎이 날리는 천막은 바다와 바다가 맞닿고 파도가 겹쳐 충돌하듯 양분되어 있었다.

색색의 종이가 나부끼며 어릿광대가 저글링을 하고 코끼리와 호랑이가 공을 굴리는 쇼가 펼쳐졌다.

텀블링하다가 높이 뛰어 외줄 위로 아슬아슬하게 서는

단원과 짧은 치마 차림의 피에로 분장 여인이 놀라운 유연성으로 허리를 뒤로 접고 양다리를 쭉 뻗는 묘기를 선보였다.

"시와 때는 가장 위태로운 순간이라더니 저곳에 그의 미련이 컸었나 보군요?"

『응. 그래서 상현 것이 훨씬 재밌었어. 거긴 세계였는데, 저긴 작은 지방이었거든.』

공연이 이어질수록 천막의 배경은 점점 시대를 거슬러 하나의 왕국과 도심으로 변모했다. 광대들의 웃는 가면이 벗겨지고 화상으로 일그러진 얼굴이 나타났다.

날렵하게 움직이던 어릿광대는 왜소증을 앓는 중년인이 됐고, 매혹적인 춤을 추던 여자 피에로는 하나의 하반신에 두 개의 상반신을 가진 샴쌍둥이의 모습이 되었다. 신체 일부분에 정상인과는 다른 부분이 하나 이상씩 있는 이들이었다.

피에로는 자신의 역사만큼 그들 식구를 위한 낙원을 구성하고 있었다. 각자의 세계에서 시간은 스스로 정의하기 나름이었다.

그즈음 유나가 내 앞을 가렸다.

『근데 나 저거 다 복사했다?』

"피에로의 능력을 말입니까? 자유롭게 쓸 정도로요?"

『물론~! 저렇게 빤히 보여주는데 그걸 왜 못 베끼겠어? 그래서 말인데, 상으로 그거 주면 안 돼? 내가 먹고 언제든 문도 열어줄게.』

"먹어요?"

『에이, 알면서.』

살짝 뒤로 빼는 모습에 크게 웃었다. 여부가 있겠는가. 달라며 손을 내미는 그녀에게 인벤토리에 보관해 둔 한나의 징표를 건넸다.

유나는 이를 유심히 보더니만 고무줄처럼 쭉 당겼다가 놓고는 꾸덕꾸덕하게 마른 건어물을 씹듯 잘근잘근 씹어서 잘라 먹었다.

꿀꺽 삼키면 소화불량이라도 될지 상당한 시간이 걸려 꼭꼭 씹어서 먹었는데 그러다 멈추곤 눈을 동그랗게 떴다.

『어라? 이거 이상한데? 무공이 엄청 많아야 하는데, 별로 없어. 상현이 직접 몸으로 겪은 그것만 나왔는데?』

"그게 무슨 말인가요?"

『상현이 멈춘 그 시점까지의 정보만 있지, 다른 게 보이지 않아. 한나가 쓴 무공은 있는데 다른 게 전혀 없거든.』

"가짜는 아닌데 진짜도 아니다?"

유나는 접속을 최종적으로 마쳤던 캡슐방을 구현해 주었다. 곧 같은 공간을 찍는 두 대의 카메라처럼 양쪽에서 나의 몸이 보였다. 마치 아바타를 운용할 때와 비슷했다.

그녀의 능력 복제는 분명히 성공적이었다. 내가 경험한 미래와 한나의 존재도 분명히 진짜다. 머리칼에 남은 정보가 이를 증명하니까. 여기서 기묘한 모순이 발생한다. 내가 겪은 것들은 꿈이 아닌 현실이었다.

한데 한나를 통해서 본 어떤 정보에도 그녀의 다른 무공은 존재하지 않았다. 있는데 다 있지가 않았고, 가짜라고 여기기엔 너무나도 높은 경지의 무공이 고스란히 남아 있는 셈이다.

이게 어떻게 된 걸까. 원인을 떠올린 우리는 누가 먼저랄 것 없이 피에로의 놀이동산을 보았다. 그즈음 한숨 섞인 말이 저편에서 들렸다.

"이런 일이 가능할 줄이야. 정말 곤란합니다. 너무나도 속상하네요. 이건 명백하게 반칙입니다."

놀이동산에서 어울려 놀던 피에로가 돌연 이쪽을 보고

있었다. 미소가 사라진 그의 표정은 사뭇 섬뜩했다.

피에로의 복잡한 심경은 고스란히 놀이동산에 모두 표현됐다. 암전이 일어난 듯 밀폐된 방의 등이 깜빡깜빡하듯 2층이 밝아졌다가 어두워지기를 반복했다. 그럴수록 작은 놀이동산의 인형들이 미친 듯이 움직였다.

공을 굴리고 자전거를 타며 춤을 추는 각각의 서커스 단원들은 이제는 웃지 않았다. 쳇바퀴를 굴리지 못하면 죽기라도 하는 다람쥐처럼, 미친 듯이 제자리에서 땀과 눈물을 쏟아내며 일그러진 표정으로 계속 뛰었다.

한번 어두워졌다가 밝아질수록 나이가 들며 피부가 썩고 해골들만이 남아서 무한히 혹사당하는 기괴한 공원이 될 즈음 피에로가 우리에게 다가오며 말했다.

"애들 노는 곳에 어른이 끼는 건 안 되죠. 갓 승격하고 하급신이 된 이들이 발버둥치는 곳에 상급 신씩이나 되는 분이 왕림하면 정말 반칙입니다."

한숨을 푹 내쉰 그의 뒤로 촬영 후 수백 배로 빠르게 돌리는 영상처럼 해가 뜨고 지며 달이 차고 비워지는 현상이 줄기차게 이어졌다.

낮과 밤이 연속적으로 펼쳐지는 배경 앞에서 웃는 화장의 피에로가 무표정하게 앉았다. 그는 유나가 만든 인형의 집을 보고는 허탈한 듯 웃었다.

"져도 져도 이렇게 지는 건 처음이군요. 하지만 저는 인정할 줄 아는 비전투 타입의 술사, 메히치랍니다. 목적이 분명한 만큼 패배의 때에도 확실하게 인정할 줄 알죠. 때론 통도 크답니다."

손으로 자신의 양 뺨을 짝짝하고 친 뒤 예의 만들어진 듯한 미소를 지었다.

"자, 귀엽고 깜찍한 루타타 양? 아니지. 루타타로 있는 여신님? 어차피 가져간 거니까 다 물어보세요. 친절하게 저의 비법을 모두 일러 드리겠습니다. 사실 말이 그렇지, 여기에 있다 보면 남는 것도 없거든요. 나누면 좋죠. 암 좋고 말고요."

『전부? 진짜?』

평생 쌓아온 모든 것을 아낌없이, 적에게 나눈다는 발상은 생경한 일이다. 더군다나 욕망의 탑에 종속된 존재는 대단하지만 그만큼 한 가지씩은 비틀린 존재들이기에 친절과는 다소 거리가 있었다.

메히치는 정말이라며 믿어달라고 했다.

"알려나 모르겠네요. 루두무라스의 패배자들은 이겨도 그만, 저도 그만이랍니다. 제일 좋은 건 이 상태를 오래도록 지속하는 거죠. 출소한 죄인의 심정이거든요. 패배한 이 마당에 제가 시간을 가장 오래 끄는 방법은? 오래도록 대화하는 거랍니다."

그러며 뒤에 있는 놀이동산 안에 다시금 서커스용 천막을 세웠다. 뒤이어 처음에 그랬던 것처럼 마을이 만들어지고 환호하는 사람들과 웃는 광대들의 느긋한 공연이 문을 열었다.

"쭉 설명할 테니 중간마다 궁금한 게 생기면 언제든 물어보세요. 우선 저의 소개를 하자면 아주 오래전에 없어진 에타이 왕국 출신의 인형술사, 메히치입니다. 능력은 '무한한 천국'인데요. 경험하셨듯이 삶의 절정기를 만끽하는 거랍니다."

정보는 알아서 나쁠 것이 없었다. 더군다나 한나가 남긴 징표와도 관계된 만큼 이야기를 나눠보도록 했다.

"회귀와 같은 종류인가?"

"아뇨. 다르죠. 회귀는 현실을 바꾸려는 집착의 결과잖아요? 하지만 무한한 천국은 현실을 바꿀 수 없습니다. 대신 현실을 대가로 가능성이 활짝 열린 세계를 얻는 거죠. 등가교환이라는 말은 아시지요? 그게 기본 원리랍니다."

『등가교환은 무슨. 그냥 오락이잖아.』

유나의 코웃음이 딱 들어맞았다. 메히치의 말대로라면 무한한 천국이라는 그의 능력. 내가 경험한 미래는 잘 만들어진 한 편의 영화나 잘 키운 게임의 캐릭터와 조금도 다르지 않았다.

아무리 게임을 열심히 해도 현실을 등한시 살면 진짜 내가 피폐해진다. 최고의 전사 캐릭터를 가져도 현실에서 운동하지 않으면 예전에 죽었던 태진이처럼 피골이 상접한 꼴이 될 따름.

현실에 조금도 영향을 주지 않는 유희의 세계는 결코 진짜 삶이 될 수 없었다.

"일반적으론 그런데 꼭 그렇지만은 않답니다. 두 분도 경험했듯이 가능한 미래와 더 높은 경지를 볼 수 있거든요."

"그건 그렇군."

한나의 무공을 그가 창조한 가짜라고 하면 그는 정말로 신격에 어울리는 대단한 존재다. 하지만 지금의 그는 어디를 봐도 그 급에 미치지 못했다. 괴짜 능력자 정도다.

"저의 능력이 무한한 천국이라 하는 것도 여기에 있습

니다. 궁금증? 호기심? 문제와 난제들? 이러한 모든 질문의 해답을 얻을 수 있거든요. 가능성이 모두 실현된 세계인 겁니다. 시간만 들여서 작은 재미만 느끼는 오락과는 실로 차원이 다르죠?"

그때 유나가 고개를 갸웃하다가 화들짝 놀랐다.

『설마, 시간이랑 격을 대가로 가능성을 이루는 거였어?』

"정답입니다. 처음에 올라오면서 자판기를 보았을 텐데요. 본래 무한한 천국은, 이상현 씨에게 익숙한 표현으로 하드코어 게임입니다. 가장 어려운 시점으로 가서 가능성이 실현된 이웃들과 여러모로 사건을 겪는 거죠."

1레벨 캐릭터가 10레벨 사냥터에서 시작하는 셈이었다. 여느 게임이 그렇듯이 최종 미션은 메히치를 찾는 것. 여기엔 조금의 거짓도 없다고 했다.

"말이 법칙을 이루기 위해선 한 치의 거짓도 없어야 하거든요. 그러니 제 말은 모두 믿어도 좋답니다."

오른손으로 이마에서부터 훑어 내리자 메히치의 얼굴이 달라졌다. 처음에 만났던 나이 든 경찰의 얼굴이다.

—신고자분이 정신이 없네. 거참.

아래로 내려간 손을 다시금 올린 그는 젊은 경찰의 모

습으로 분하여 말했다.

　－이보세요! 이상현 씨? 이상현 씨!

　－이거 더 볼 것도 없는데요. 이 자식도 마찬가집니다.

　－하여간 게임은 게임으로 즐겨야지 말이야. Z&F에
연락해서 사망자 기록 좀 받아놔. 꼴에 캡슐은 최고가로
했으니까 죄다 있을 거다.

　성대모사를 하듯 말한 그가 이번엔 반 팔 차림의 늑대
문신 사내로 분하여 말했다.

　－아～ 새끼들. 폐인 중에 유단자가 넘쳐난다고 내 그
리 조심하라 했는데 말이야. 어이, 아저씨. 미안하게 됐
습니다.

　다친 학생에게 연고를 발라주던 그. 노련함이 엿보이
던 사내의 표정으로 씩 웃은 메히치는 처음의 하얀 화장
에 빨갛게 그린 입술과 별과 달의 화장이 선명한 피에로
의 모습으로 어깨를 으쓱했다.

　"가능성의 다른 이름은 상상이죠. 문제 속에 답이 있
다는 말을 저는 아주 사랑한답니다. 게다가 난도를 높이
는 방법은? 역시 초반에 간섭하는 거죠, 상상의 나래를
마음껏 펼칠 수 있도록. 시작 지점에서 살짝 틀어지면
도착 지점과는 굉장히 멀어지거든요."

"작은 키워드로 무의식적인 판단을 유도한다?"

"효과적이지요? 아름다운 여신께서도 꼭 이 방법을 사용하세요. 모든 문제는 끝이 아닌 시작에서부터 봐야 한다는 걸."

듣고 보니 인상이 절로 찌푸려졌다. 확실히 경찰과 캡슐방의 사내가 아니었다면, 나는 단순히 게임을 하다가 태진이가 회귀를 소망해서 돌아갔을 것으로 생각할 수 있었다.

현실의 능력자라고 해봐야 폭력배 정도를 떠올렸을 것이며, 조금은 더 평범한 세계를 꿈꿨을 수 있다. 일반 직장인으로 살아온 나의 미래는 평화로웠으니까, 그게 자연스럽다.

그제야 비로소 알았다. 처음의 작은 틀어짐에서 나중에 달인과 능력자들, 고수급이 무더기로 쏟아진 것은 내가 미래를 상향 평준화할 때마다 가속됐다는 것을.

"한데 왜 세 명이지? 분명히 너를 찾으라고 들었는데?"

"이런~ 잘 생각해 봐요. 저를 찾으라고 했지, 제가 한 명이라고 얘기한 적이 있던가요?"

그 소리에 웃음이 절로 터져 나왔다.

"맞다. 그랬어. 내가 오해했지?"

"천만에요. 오해하도록 제가 전부 말하지 않은 겁니다. 원래 화술이란 것이 그렇잖아요?"

빙긋 웃는 메히치를 보니 정말 새로웠다. 이토록 당당하게 등쳐먹는 사기꾼이라니. 확실히 그는 비틀린 존재가 틀림없었다.

"무한한 천국은 언제나 가능성을 보여줍니다. 가장 나약한 상태로 내 기대치를 모두 웃도는 이들과 경쟁한다? 어렵지요. 좌절과 암울함. 오오, 깊은 절망입니다. 그러다 자판기를 발견하는 거죠. 시대에 따라 기적의 모양은 다르지만요."

메히치 뒤편의 서커스가 본격적으로 개막했다. 시작은 자전거 페달을 처음 밟을 때처럼 느릿하다. 그리고 점점 빨라져서 주체할 수 없을 만큼 발을 구르기 시작하였다.

"시작 전에 괜히 관심 갔던 능력이 그쪽에서 우연하게, 기적처럼 나옵니다. 그러면 그걸 기반으로 반전을 이루죠. 저를 발견하는 것만 빼고요. 그러면 슬쩍 관심이 생깁니다. '아! 어차피 시간도 더디게 가는 거, 이 모든 걸 갖고 갈 수만 있다면?' 이상현 씨랑 같은 욕망이죠."

그의 서커스는 보다 매우 치열해서 저런 과거를 반추하는 게 과연 행복할까 하는 생각이 절로 들었다. 메히치는 착취당하는 노동자들 위에 선 오만한 주인처럼 마냥 웃고 있었다.

"품은 의문들은 물론, 가능성이 모두 이뤄집니다. 여기서라면 승격도 꿈이 아니에요. 오히려 이걸 기반으로 천공수를 정복해? 그런 생각도 들거든요. 오! 놀라워라. 그래서 천국입니다. 하지만 도중에 멈출 때가 생기는데… 히히. 그게 언제일까요?"

"격이 부족할 때겠지."

"정답~ 욕심으로 자멸하는 겁니다. 멋진 대답과 정답은 혼자 안고 무너지는 거예요. 그런데 간혹 문제가 생길 때가 있어요. 눈치 빠른 자들이거든요. 격을 빼앗기기 전에 빠져나오는 자들. 그들은 어떻게 상대했을까요?"

『비전투 타입이라고만 했지, 아예 비전투는 아니다?』

"정답입니다. 상으로 갖고 싶은 거라도 있나요?"

유나가 바로 내 어깨 위에서 제대로 견착하고 장총을 겨눴다. 용의 힘이 어린 그녀의 총이 단박에 비축된 탄환을 쏘기 직전, 나는 바로 보법을 밟아 유나가 만들 인형의 집 위에 발을 올렸다.

그러자 이를 기점으로 다른 공간에 머물게 됐다. 유나의 총이 약화된 용의 불길을 토해냈다. 규모는 작지만, 엄연히 재앙의 용인 디칼립스의 몸으로 만든 무기다. 파괴력은 단연 압권.

그 힘을 메히치가 정면으로 막아섰다. 펄럭이는 천을 두른 왼손으로 밀어내며 오른손을 돌려 작은 공원의 광대 하나를 가리켰다.

"월로우라고, 힘이란 힘은 다 먹기 좋아하던 강자였었지요. 많이 먹으면 간혹 터집니다."

열심히 공을 굴리던 광대는 삽시간에 확대되더니 불길을 몸으로 막으며 몸을 활짝 펼쳤다. 이에 내가 일점집중의 권을 때리니 시뻘겋게 달아올라서는 폭발했다.

파괴력을 피해 보법을 밟았다. 화끈한 열기를 걷어내어 2층 초입까지 물러서니 저 앞에 자신만의 놀이동산을 배후에 둔 메히치가 알록달록한 빛을 품은 지팡이를 세운 채 서 있었다.

"뒤에서 흐르는 시간의 괴리가 느껴지나요?"

뜨고 지는 해와 달은 연결되어 띠를 보일 지경이었다. 메히치는 이를 가리키며 안타깝다는 듯 고개를 저었다.

"싸움이 끝날 즈음이면 바깥의 시계는 족히 수백 년 이상은 흐릅니다. 우리가 대화하면서 이미 백 년은 보냈 거든요. 그러니 기왕 이리된 것, 원하는 꿈을 꾸는 겁니다. 바라는 세상을 사는 거예요."

"네 컬렉션 중의 하나가 되어서?"

"많이 가질 수는 있어도 다 가질 수는 없는 것이 세상입니다. 딱 그것만 빼곤 여러분 모두 행복한 꿈을 꿀 겁니다."

자신이 부리고 착취하는 인형을 보여주며 할 소리는 아니었다. 설득이 아닌 조롱의 메시지였다. 물론, 터무니없는 소리였다. 기적이라면 신위의 보석으로 얼마든지 구현할 수 있으니까.

그때 메히치가 다 안다는 듯 말했다.

"보통 이걸 봐야 다들 이해하더군요."

지팡이를 땅에 찧자 2층의 세계가 반전을 시작했다. 하늘을 이분하듯 검은 실선이 쭉 가르더니 커튼이 열리듯 인위적인 놀이동산과 마을이 완벽하게 생동감을 되찾기 시작한 것이다. 확장되어 가는 파동에 내 육신이 하염없이 뒤로 밀려났다.

그것은 2층을 지배하는 신위이자 하나의 섭리, 권능

이었다.

"여기에 당신에게 차고 넘쳐서 흘린 격과 업을 더해볼
까요?"

동물원의 시체들이 뼈와 근육, 그리고 피부를 되찾았
다. 구경하는 실물 크기의 인형들은 아이를 데리고 온
부모부터 꼬리를 흔드는 작은 강아지 등 평화로운 한때
를 만끽했다.

하늘은 솜사탕 같은 구름이 떠 있었으며, 식당에는 음
식을 즐기고 놀이장치에는 한 무리의 인형들이 타서 환
호하고 줄지어 서서 발을 동동 굴렀다. 현대적인 건물과
풍경의 도래였다.

병원의 간호사들, 저글링을 하며 광고지를 나눠주는
피에로까지. 세련된 그 모습과 역전되는 그 세상 속에서
오직 내가 버티고 밀려나는 땅만 칙칙하고 황폐했다. 그
가 천사고 내가 악마라도 되는 모양새였다.

"이상현 씨가 멋지게 체험하는 동안 전 보석을 챙겼습
니다. 탑에 종속된 신세라 소원은 빌지 못하지만, 그래
도 옛 신의 힘은 그대로 빌려 쓸 수가 있습니다. 당신은
곤바로스를 보길 원했나 보네요. 사도의 힘이 느껴집니
다."

엑스터시를 즐기는 것처럼 몸을 부르르 떠는 메히치의 몸이 떠올랐다. 양손을 벌리고 다리를 쭉 뻗는데 아래로 푸른 뱀과도 같은 뇌전이 넘실거리며 그의 몸에 아우라처럼 옅게 퍼졌다.

"곤바로스의 사도. 7성륜의 1좌인 성창의 마제갈이군요. 섬멸의 사도가 어린 신위의 보석을 요구하다니, 지닌 격의 크기만큼 터무니없는 일을 벌이는군요. 당신들은."

성역을 선포하듯 넘실거리는 전류가 점차 범위를 넓혀갔다. 발끝을 따로 전해오는 찌릿함이 꽤 시큰거렸다.

『너, 제법인데? 나를 잠시나마 속여 넘기다니.』

냉소하는 유나에게 메히치는 나를 가리켜 보였다. 나 때문이라고 한다.

"제 능력은 가능성의 길을 여는 거에 불과합니다. 세계를 구성하고 이를 모두 채울 엄청난 재료는 이상현 씨의 어마어마한 격과 업 덕분이었어요. 너무나도 정교해서 당신마저 깜빡 빠져들었기 때문이지, 저의 공이 아닙니다."

그는 가만히 고개를 숙였다.

"이리 표현하면 되겠군요. 분수에 맞지 않게 이상현

씨는 너무 강했습니다."

메히치는 승리를 자신했다. 그리고 이야기를 다 들은 나와 유나가 픽 웃었다. 우리는 계약을 맺으며 의식을 공유할 수 있기에 상황을 논파할 해결책 역시 말하지 않아도 바로 알았다.

떠들썩한 메히치의 말은 '신위의 보석을 이미 자신이 챙겼고 바깥의 시간은 유리시켜서 가속한 상황이니 돌아갈 곳이 없다, 패배를 인정하고 순순히 죽어라' 라는 헛소리였다.

하지만 녀석은 스스로 말하면서도 이해하지 못한 상태였다. 정확하게는 파멸의 괴수라는 놈을 가진 내가 계산 밖의 존재인 탓이다. 힘은 더 큰 힘에 잡아먹히며 격과 신비 역시 더 높은 신비에 점령당한다.

"너의 시간 가속이 신위의 보석을 쓴 거라면 혹 모르지. 그러나 오직 그게 네 기술이라면 의미가 없다."

『무한한 천국? 그건 내가 잘 쓸게.』

만만하기만 한 싸움은 아니었다. 메히치가 언급했듯이 그의 공간에서는 폭력이 금지되어 있었으니까. 하지만 고작 저런 말에 넘어가기엔 지나치게 메히치의 함정과 언변은 조잡했다.

이게 다 내 반칙 때문이다. 내가 격을 모두 잃고 쪽쪽 빨린 채 깨어나야 흔들렸을 텐데, 너무 큰 힘을 가진 상태로 당할 거 다 당하면서도 멀쩡하게 일어난 까닭이었다.

"왜 그리 당당한 겁니까? 격도 일부 잃었고 신위의 보석도 빼앗긴 상태인데?"

지팡이를 바꿔 수수하기 그지없는 은은한 광택의 창을 쥔 그의 말에 유나가 대꾸했다.

『미안해.』

"무슨 말이신가요, 예쁜 여신님?"

『우린 설명 안 해줄 거거든~.』

말을 마친 그녀가 내 머리칼에 숨어서는 줄줄이 실을 뽑아서 내 몸에 가볍게 둘렀다. 공간이 발판에 인형의 집을 만들 듯 접촉점을 만든 것이 아니라 내 몸을 둘러싼 신체 바깥을 저편과 나눈 것이었다.

이를 본 메히치가 잠시 보았던 서늘한 표정을 지었다.

목을 좌우로 우둑 소리가 나게 풀더니 목구멍이 여과 없이 보일 만큼 입을 벌리고 혀를 쭉 내밀었다. 그 상태로 뽀드득 소리가 나게 이를 갈곤 웃었다.

"좀 쉽게 가려면 꼭 이렇다니까. 뭐, 좋지. 시간을 최대한 늘려보려고 했는데 결국은 힘을 쓰게 한다 이거고? 그럼 설정을 변경하도록 할까?"

메히치는 조현병이라도 있는지 표정을 확확 바꾸었다.

그럴 때마다 놀이동산의 색이 노래졌다가 어두컴컴해지고 붉어지며 분홍빛이 되는 현상도 같이 일어났다. 나와 유나는 그의 표정이 바뀔수록 그가 설정해 둔 2층의 제약이 변경되는 것을 느꼈다. 이윽고 메히치가 손가락을 튕겼다.

"역시 이게 좋겠어. 자, 귀를 잘 씻고 들어두도록. 저격형 전투 타입의 술사 메히치다. 내 공간에선 [폭력이 필수]이고 승리 조건은 [살아 있는 것]이지. 이번엔 아까 같은 반칙은 못 쓸 거야. 이건 [포기하면 거짓]이거든."

쥐고 있던 창으로 귀를 후빈 그는 피를 철철 흘리면서 몸을 부르르 떨었다. 황홀경에 빠진 것처럼 얼굴 절반이 너덜너덜해질 정도로 쑤셔대면서 입은 헤벌쭉 벌리고 있었다. 정말이지 제정신이 아닌 모습이었다.

"아, 그냥 하면 되지 뭘 조건을 이렇게 설정했는지 매번 지겹다니까. 좌우지간 꼭 명심하고 여차하면 포기하라고. 그럼 필드에 따라 싸움을 시작해 볼까나?"

성창으로 전류를 퍼뜨리는 메히치는 지금까지 본 이래로 가장 자연 상태의 번개와 가까운 힘을 사용했다. 곧 바로스의 사도인 마제갈의 힘이리라.

"앞에서 말은 그렇다손 치고, 포기하면 거짓이라는 건 뭘까요?"

『말장난. 밀리면 나중에 포기해 보라는 뜻.』

"조악한 짓이군요."

처음의 기적 같은 진실성에 비하면 반전이기는 정말 제대로 반전인 장치였다. 간단히 브리핑을 마치고 제법 익숙해진 만상수의 1경으로 메히치를 선정, 투로를 유나에게 맡겨 그녀가 4경의 속성력으로 성창의 뇌전을 택했다.

우두커니 선 메히치를 온몸으로 재현하며 넘실거리는 푸른 뇌전이 나의 체모 바깥으로 흘렀다. 유나가 자연스레 도우며 메히치의 면면을 고스란히 투영하고 분석한 덕분에 가능한 일이었다.

"어디 네가 자랑하는 실력 좀 보자꾸나."

묵직한 쇳덩이와 수갑이 불편하긴 하지만 디칼립스 급의 전투력이 아니라면 크게 문제되지 않을 터. 술사라는 메히치의 역사를 보더라도 전투술과는 동떨어졌음이 분명했다.

"추천 공략은?"

『근접전 추천. 섬멸의 사도는 원거리 최적화래.』

유나가 보여준 정보대로라면 마제갈의 창은 빛의 속도로 적을 추격하여 관통한다고 기록되었다. 봉쇄와 강화, 폭발, 관통 등 다양한 운용으로 명성을 구가했으나 그 사용자가 메히치인 만큼 위력은 반감되었을 터.

'관건은 메히치가 얼마만큼 힘을 다루느냐로군.'

적응할 시간을 줄 이유가 없었다. 최단거리의 치명타를 입히는 편이 가장 효과적이니 빠르게 투로를 펼쳐 공격의 동선을 표시했다. 여기에 유나의 분석이 더해져 비틀린 기습 경로를 뽑아냈다.

여기에 만상수 4경으로 담은 힘이 육신을 속성화시켰다. 메히치가 퍼뜨린 성창의 전류를 타고 육신이 단번에 이동하였다.

"뭐?"

몸을 두 쪽 낼 기세로 손을 뻗으니 메히치가 재빨리 몸을 틀었다. 아쉽게 왼쪽 팔만 잡혔고 그대로 우그러져서 뽑혀 나갔다.

"어? 이거 한 방 먹었는데?"

메히치가 분수처럼 치솟는 피가 뿌연 연기가 되어 시야를 가로막았다. 깜짝 마술처럼 피어나서는 끈적끈적하게 몸에 달라붙는 터에 일장을 뻗어 모조리 날려 버렸다. 그사이 멀찍이 물러선 메히치가 내게 피가 흠뻑 묻은 창을 몸을 돌리며 던졌다.

"이봐, 너무 과묵하잖아. 말을 해보라고."

회전한 그의 몸이나 동작은 볼품없었다. 하지만 날아든 창은 실로 살벌했다. 번뜩임과 동시에 핀 포인트가 찍힌 레이저처럼 즉각 내 눈앞에 나타난 것이다.

몸에서 돋아나는 듯한 인지를 넘어선 속도에 반사적으로 고개를 젖히며 보법을 밟았다. 창은 한 치의 부족함도 없이 내 보법에 따라 방향을 틀어서 집요하게 눈을 노려왔다.

양혁수로부터 터득한 외공의 극의로 방어력을 높였다. 몸을 누이며 양손으로 화살을 잡듯 마주 잡으니 쩌릿한 감각에 이어 일순간 내 몸이 경직됐다.

강력한 육신조차 움찔하게 만드는 위력이었다. 상대하는 존재들의 수준이 오른 만큼 광검은 이제 기본기로 장착한 셈이다.

'곤바로스를 대적하는 자에게 빛의 응징을 가한다는 사도라더니.'

과연 만만한 힘은 아니었다. 아무리 아이가 휘두른다고 해도 칼은 칼이다. 찔리면 죽는다. 더군다나 하나를 피하고 막아내는 사이 메히치는 거듭 창을 던지는 중이었다.

날아가면 끝까지 적을 추적해서 관통하는 특성이 성창에 있는 듯하다.

"싸움만 너무하는 건 아름답지가 않아. 이봐, 정말 오래간만에 본 바깥에다 상대라고. 뛰는 피만큼 비명도 지르고 얘기도 해보는 게 어때? 나처럼 웃어보고 말이야."

하나는 쾌속하게 날아왔고 다른 하나는 놓치는가 싶더니 증발하듯 사라졌다. 그리고 내 후방에서 동전처럼 틈을 드러낸 검은 공간이 백광을 토했다. 말 그대로 공간을 격하고 엄습해 온 것이다.

한 손으로 휙휙 던지는 걸 이쪽에서 열심히 막아봐야 끝은 요원한 상황. 외공과 방어력을 믿고 다짜고짜 전차처럼 메히치에게 달려들었다.

"엥?"

여기에 질풍, 이어서 질충으로 급가속했다. 빠르기만

하던 전류와 속성력에 본연의 묵직함이 반영됐다. 음속을 일찍이 넘은 아찔한 시야로 살의가 명확하게 놈의 두개골을 겨냥했다.

그 순간 피하지 않은 메히치가 그대로 맞으며 대신 발을 굴렀다.

슥 올라간 발이 쾅 땅을 찧음과 동시에 천지가 개벽하듯 땅거죽에서 시퍼런 전류가 용솟음치더니 우산처럼 활짝 펼쳐졌다. 돔형으로 둘러싸고 견고하게 드리우는데, 안과 밖에서 기분 나쁠 만큼 내려앉는 공기가 느껴졌다.

"귀찮아졌군요. 가짜가 지나치게 판을 치니 원."

『인형들 사이에 숨었나 봐.』

"이 메히치조차 인형이었다?"

『처음에 숨바꼭질이라더니 거짓말은 아니었나 봐. 잠깐만 기다려 봐. 내가 찾아볼게.』

법력을 두른 권을 때려 좁혀오는 전류의 장막을 깨부쉈다. 그리고 빠져나가려는데 두개골이 함몰된 메히치의 몸이 쓰러진 채 내 발목을 쥐고 있었다. 꽉 잡는다손 쳐도 걷어차면 날아갈 정도에 지나지 않았다.

"오래 끌기엔 너무 저렴한 놈입니다. 바로 끝내지요."

양혁수가 최후로 선보였던 14번의 권력. 칠성격의 연

속기를 일시에 터뜨렸다. 생성된 북두칠성의 권력 두 개
가 뻥 뚫린 구멍의 장막을 완전히 허물고 메히치의 놀이
동산의 한 축을 무너뜨렸다.

인형들이 일제히 내게로 손을 뻗었다. 각자 나름 초월
했던 자들을 모았다는 자신감답게 다채로운 능력이 몸에
충돌했다. 시야가 멀어지고 환상과 환청이 울리는 건 예
사, 갑자기 내부 장기가 타는 듯 몸속에서 발화가 일어
났다.

팔뚝이 검게 물들며 혈관을 타고 돌아다니는 기이한
독까지 침투했다. 다양성은 확실히 우월하다. 그러나 역
시나 부족한 것은 힘의 총량과 질적인 차이였다. 솜방망
이 백만 번 휘둘러 봐야 강철판을 어찌 쪼개랴.

'알고 보면 더 다른 힘이 필요 없는 상태였어.'

메히치의 언급을 통해 확실하게 깨달았다. 내게는 무
한하달 수 있는 동력원과 반칙이라 표현되는 최상의 기
술이 하나씩 탑재되어 있었다.

파멸의 괴수와 곤바로스가 패배 후, 회귀를 계획하며
만든 일그러진 룬이 그것이다. 한쪽은 무적을 구가하고
다른 한쪽은 상대의 모든 룰을 농락한다.

메히치가 만든 세상에 일그러진 륜이 틈을 벌려서 힘을 소통시킨 것이 그러했다. 즉, 모든 것을 베는 칼을 손에 들고 벌목용 도끼가 없다고 투정을 부린 셈이다.

"메히치의 말대로 확실히 반칙은 반칙이군요."

『원래 다 그런 거야. 공평한 게 어디 있어?』

그래서 노력이라는 법칙을 남기고 사라진 초월자는 괜찮은 존재가 분명했다.

"광역기술로 갑니다."

『융합기? OK~.』

알고 쓰는 것과 막연하게 쓰는 것은 분명히 다른 효율을 보였다. 왼쪽 다리의 문신으로 새겨진 파멸의 괴수를 정확하게 인지하고 법력을 토대로 극의를 증폭시켰다.

자잘하게 몸의 내외를 오가는 힘들을 일거에 몰아냈다. 이제 지루하게 끌어온 2층을 종식한다.

환혼령주에 보관 중인 힘은 물론, 체내의 모든 힘으로 오직 환혼력을 일으켰다. 거머쥔 양손을 타고 생성되는 얼음 거인의 검, 발테리아스. 이를 높이 추켜올렸다.

담을 요결은 중(重)과 압(壓), 그리고 패(敗)다. 군단을 통째로 허무는 에일락 반테스의 극의를 높이 올렸다가 하강시켰다. 그사이 몸에 작렬하는 공격은 모조리 몸으로 받아냈다.

다음은 유나의 차례였다. 공조 상태의 그녀가 패도적인 발테리아스의 마력 운용에 간섭했다. 삽시간에 환혼력의 얼음 검이 블록으로 이루어진 듯 잘게 흘러내렸고 조각 하나하나가 벽돌처럼 떨어졌다.

이윽고 끝을 딱 때린 듯 핑핑 돌며 날카롭게 회전했다. 블레이드 토네이도다. 날카로운 칼날의 폭풍을 구성하는 하나하나의 발테리아스 파편들이 절멸의 폭풍을 구현했다.

일찍이 지혜의 극단을 달렸을 때 에일락 반테스의 몸으로 선보인 적 있는 융합기술. 법력으로 강화된 검의 폭풍에 2층의 제반시설이 그대로 쓸려 버렸다.

을씨년스러운 모든 것이 사라진 벌판 바닥에 납작하게 박힌 메히치가 웃었다.

"내 이럴 거 같더라니까요. 머리 쓰면 뭐합니까? 무식해도 힘센 놈이 다 해 처먹는걸. 역시 당신은 반칙입니다. 이런 건 공정하지 못해요."

인형들은 없었다. 메히치 역시 깊이 파묻힌 것이 아니라 그야말로 인쇄된 종이처럼 바닥에 형태만 남은 상태였다. 내가 영혼을 먹고 구성하는 소울 이터처럼 그 역시도 탑에 종속된 존재라는 이형의 존재라 그러했다.

"미안하게 됐군. 어지간하면 어울려 줄까 싶었는데, 낭비한 시간이 꽤 신경 쓰여서 말이야."

"가속한 걸 빼 봐야 고작 반년? 길어야 1년인데 뭘 그러시는지?"

영원히 산다고 해도 지난 시간이 아쉽지 않은 건 아니니까. 긴긴 시간을 신전의 문지기로 둔 월향에게도 미안하고 독수공방시킨 이블린에다, 일찍 돌아온다고 한 약속을 또 어긴 이용택 관장 가족에게도 역시 사과할 일이었다.

내 사정을 이해해 주기는 할 테지만 감정을 표현하는 건 별개의 문제니까.

"덕분에 탑의 존재들이 제아무리 친절해 보인다고 해도 그건 겉모습이란 것도 배웠지. 마냥 기회만 주는 착한 피에로로 생각했었거든."

낄낄거리며 메히치가 웃었다.

"이번 놀이는 너무 짧았네요. 하여간 잘 놀았습니다. 이 전리품은 잘 가져가세요. 아, 다시 또 지루한 시간의 감옥 속이겠군요."

프린트된 듯한 지면에서 도톰하게 성창이 나타났다.

이를 끝으로 흐려진 잉크처럼 메히치가 완전히 사라지더니 손목 수갑의 피에로가 밝은 빛을 토했다.

2층을 정복하며 모힘트라가 정한 시험을 통과했다는 증거였다. 이제 처음 루두무라스에 오르며 목적했던 소원 중 하나. 신진권의 분체들을 정리할 기적의 힘이 드디어 손에 들어왔다.

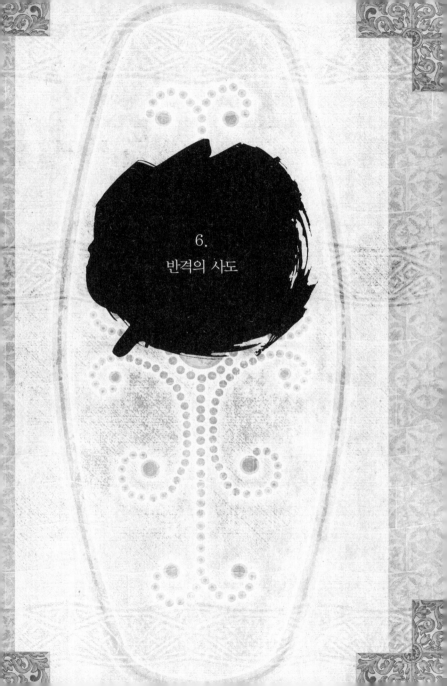

6.
반격의 사도

여명의 눈 때와 마찬가지로 권리 이양이 시작됐다. 그 과정을 거치며 나는 조속히 메히치를 처리한 것이 정말 잘한 일이라는 사실을 새삼 알았다.

고작 창을 던지고 전류를 응용하는 정도가 아니라, 신 위의 보석이 가미된 섬멸의 사도는 영역 선포로 일대에 서 정말 신처럼 군림할 수 있다.

이 하나만을 가지고 과거 최대 전력으로 전 지구적으로 로 폭격하던 이용택 관장의 능력에 바로 비등해지는 셈. 이런 사도들을 거느리고도 패배했다는 것이 도무지 이해 되지 않을 정도다.

'한나를 포함한 현실의 능력자들이 큰 역할을 맡았음이 분명하다' 라고 결론지으려던 나의 머리가 반대편으로 기울어졌다.

'그러고 보면 메히치가 보여준 미래는 내 가능성을 구현한 것일 뿐이랬지. 나의 기억과 능력만큼 뻗어나가되 그 재료로 나의 격을 소모하는 거였었어.'

이 말대로라면 내가 겪고 경험한 미래는 진짜가 아닌 셈이었다. 정확한 표현대로라면, 나로부터 시작한 작은 우주이기는 하지만 나의 회귀 이전의 과거. 태진이가 계약 맺을 당시의 기억과는 분명히 다른 세상이다.

모힘트라에게 내가 원했던 욕망은 두 가지였다. 하나는 신진권의 분체들을 정리하는 것이고, 두 번째는 곤바로스와 융켈의 생사나 흔적을 원하는 것.

이 두 가지를 연관 지으니 비로소 퍼즐이 맞춰졌다. 어쩐지 천공수의 패배자를 포함하여 층마다 곤바로스의 유해가 나타난다 했더니만, 모힘트라가 내게 맞는 루두무라스를 그리 구상한 거였다.

"3층과 4층, 5층부터는 직접 권능을 다루는 사도와 마주하겠군요."

『응. 당사자한테 직접 듣는 것만큼 정확한 것도 없

잖아?』

　"나타나는 순서는 미래의 싸움에서 먼저 패배한 순서일 테고 말입니다."

　방패와 흐르는 바람, 견고한 건물 도형이 상징적인 곤바로스의 사도들. 간단히만 생각해도 쉬운 상대는 아니었다.

　디칼립스는 나의 자랑인 무적의 무공, 그의 표현대로라면 법력을 지닌 존재였고, 메히치는 넘치는 격으로 완성된 한나의 일침이 아니었다면, 나는 도낏자루 썩는 줄모르고 한가로이 지내다 현실의 모든 인연을 잊었을 터다.

　바란 욕망의 크기만큼 상층부는 강자들로 구성되어 있을 터. 만만히 수련한다는 생각과 홀로 책임진다는 집착에 융통성을 발휘해야겠다. 그 해답은 당연하게도 파티 플레이였다.

　발테리아스와 블레이드 토네이도의 융합기를 유나의 보조로 수월하게 발휘했으니 상층부는 파티를 구성해서 단박에 치고 오르기로 한다.

　나, 월향, 강유나, 그리고 이용택 관장의 4인 파티다. 이 조합이면 사도가 아닌 곤바로스 그 자체로 해도 쓰러뜨릴 자신이 있었다.

"루타타, 잠시 바깥에 다녀올게요."

『왜 서둘러? 급할 거 없는데?』

"전부를 건다는 말, 온 힘을 다한다는 표현. 다른 몸을 갖고 경험을 공유할 수 있게 되면서 이 간단한 이치를 너무 쉽게 여겼던 것 같습니다. 이제 하나씩 제대로 가름하고 온 마음을 다해보려 합니다."

『일관성은 사람마다 다른 거래. 상현은 잘못 살지 않았어.』

"알아요. 다만, 그게 옳아 보여서 그럽니다. 많은 것과 깊은 것을 굳이 고르라 하면, 저는 깊이를 추구하고 싶네요."

『다 할 수 있는데도?』

펠마돈이 하나인 까닭. 저 에일락 반테스조차도 극의가 몇 되지 않는 이유. 이는 삶이 하나이기 때문이다. 한 번뿐인 목숨이기에 자신만의 길로 완성되는 것이고 이를 잘게 쪼개면 이도저도 아니게 된다.

과거 신진권이 아바타를 만들며 인간의 그릇과 수치의 총합이 100이라 했던 것과 마찬가지였다. 반면, 유나가 하는 말은 '나는 그럴 필요가 없다' 라는 사실이다.

우연과 기연이 겹친 나의 그릇은 100을 진즉 넘고 타인의 삶을 통해 그 수를 얼마든지 늘려서 내 그릇을 키우고 합칠 수도 있었다. 모두 할 수 있는 것이다. 그러나 그러면 그 안에서 '나'는 연결고리에 불과해질 따름이다.

"예전부터 우리가 공감했던 것이 있지요. 전지(全知)하고 전능(全能)하면 아무것도 하지 않게 된다고. 이런 표현 하면 좀 웃기지만, 저는 말입니다, 저 높은 곳을 보기보단 그냥 옆을 보며 오래 살고 싶습니다. 팔자가 핀 지 오래 안 됐거든요."

『에이~ 거짓말쟁이.』

"루타타가 새로운 지식을 얻는 재미를 너무 급히 끝내는 건 미안합니다. 그래도 여행할 무대가 아직 두 개나 더 남았고, 언제라도 또 만들 수 있으니까요. 우선은 천공수를 끝내고 new century를 돌며 세계와 융합한 신진권을 처리합시다. 다음으로 미래로 가 보지요."

흐르는 냇가에 담방담방 물장구를 치듯 괜히 내 긴 머리칼을 발로 마구 차내는 유나였다. 지금처럼 루타타로서가 아니라 본래 자신의 몸으로 함께 여행하자는 권유인데 왜 싫은 기색일까.

손에 올리고 눈을 마주하니 예전과는 다른 눈빛. 정확하게는 처음과 같은 유나의 똑바른 시선이 보였다. 나의 과거와 경험을 완전히 공유하며 트라우마로 남아 있던 공포가 해소된 것이다.

팔짱을 낀 유나가 말했다.

『그냥 지금처럼 하면 안 돼?』

"이유를 물어도 될까요?"

『진심은 하나잖아. 난 지금의 상현이 좋거든. 여기 있는 건 내 것. 저기 있는 건 남의 것. 들어간 몸에 따라 달라서 나눠 갖기 좋아.』

"독점욕이군요."

과거 같으면 하지 못했을 솔직한 발언이었다. 확실히 옳은 이야기였다. 언제든 내 편이 되어주는 사람을 원하고 오롯이 주고받는 사랑을 원하는 건 사람이라면 모두가 그렇다.

하렘이라는 것만큼 권력적이고 폭력적인 것이 또 어디 있으랴. 월향과 유나가 내게 종속되지 않았다면, 태생이 그러하지 않았더라면 그녀들이 과연 충견처럼 행동하고 온 마음과 정성을 다해 나를 보필했을까.

'이블린 역시도 장애를 극복하게 해줬을 따름이고.'

이해한다는 곱고 좋은 말을 쓰긴 하지만, 기실 이 이해와 양보는 희생과도 같았다. 함께 있으며 한쪽이 손해 보는 관계가 진짜 사랑이긴 할까.

상대의 불편함을 해결할 능력이 내게 있었을 따름이다.

약점을 쥐고 우리에 가둬두려는 심보나 마찬가지일 것이다.

"그래서 자유를 주려고도 했었지요. 월향에게도, 당신에게도."

『그런 얘기 하려는 게 아니잖아. 결론 난 걸 왜 또 짚어? 이상한 고집이 있어, 상현은!』

정신 차리라며 내 코를 확 때리는 유나였다. 시큰한 코를 매만지곤 작은 그녀를 다시금 머리 위에 올렸다.

"압니다. 하지만 무(武)의 격은 그래선 곤란하지요."

『아이고, 그 꼬마 때문에 정말 이럴 거야?』

한나가 했던 말을 그대로 해주자 유나가 허리에 양손을 얹었다. 정말 화난 기색의 그녀에게 감사의 표현을 할 따름이다.

"1년이 흘렀을 테지만, 현실은 큰 변화가 없었지요? 만약 있었다면 루타타가 제게 아무런 말도 하지 않았을

리 없으니까요."

『물론이야.』

"그럼 잠시 내려놓고 함께 오세요. 관장님과 같이 천공수의 좌표대로. 저는 월향을 부르겠습니다."

한참을 보던 유나가 고개를 설레설레 흔들었다.

『상현은 비겁해.』

"그래서 제 이름을 아직 못 버렸나 봅니다."

토라진 속내를 고스란히 보여주듯 고개를 휙 돌린 유나가 저편으로 사라졌다.

나는 성창을 신위의 보석으로 전환했다.

[사용자를 재인식합니다.]

두 번째로 사용하는 신위의 보석이다. 망설임 없이 연이은 과정을 거쳤다. 이후 처음 목적했던 대로 기적을 사용했다.

[사용자의 진명(眞名)을 말하십시오.]

"이상현."

[사용자의 격이 허락하는 염원을 새기십시오.]

"new century의 세계에 융화되지 못한 신진권의 분체들이 소멸하는 것."

염원은 매 순간 불어오는 바람의 살랑거림처럼 자연스럽게 이루어졌다. 존재하는 세계에 하나의 다른 법칙이 가미되는 것이었음에도 그 비주얼은 레고 블록이 하나 빠지고 하나 채워지는 것과도 같았다.

처음부터 그러했던 것처럼, 마치 원래부터 존재하지 않았던 것인 양 분체들이 소멸해 버렸다.

이후 신전의 문을 열어 월향을 불러들였다. 헤어졌을 때와 똑같은 자세로 그녀가 나를 보았다. 다만 검은 머리칼은 하얘졌고, 허리까지 내려오는 긴 머리칼은 한 가닥 한 가닥이 살아 움직이는 듯 일렁이는 모양새였다.

'나와 닮으려 했군. 호감의 특성에다 소울 이터의 모습까지 고스란히 빼다 박았어.'

손목에 염주처럼 굴리는 것은 환혼령주이기까지 했다. 3미터를 바라보는 내 본체에 조금 못 미치는 키였다.

"태극기공은 완전히 버린 거냐?"

"대성하고 구결을 새로 만들었습니다. 주인님의 힘을 포함하여서지요."

"놀랍구나!"

"주인님께서 모든 경험을 주신 덕분입니다. 아직 법력에는 못 미치지만요."

그 한결같음에 미안하면서도 적이 안심되는 건 역시 내가 이기적인 인간이어서일 것이다. 다 내어주고 놓으려고 했었다가도 엄청난 성장 속도에 내가 찍은 펠마돈을 확인하게 되니 말이다.

잠깐 스쳤던 유치하기 그지없는 생각을 얼른 발로 차냈다. 얼씬도 하지 못하게끔 완전히 버렸다.

"만만찮은 적들이 있다. 나와 함께 싸워주겠느냐?"

"저는 주인님의 소유이며 도구이고 첫 번째 종입니다. 언제든 함께하겠습니다."

일어서서 따르는 그녀에게 긴말은 필요 없었다. 펠마돈의 낙인을 찍으며 내 모든 것을 공유하기로 한 그녀 아니던가. 월향은 내가 겪고 이루며 느낀 모든 것을 함께하고 있었다.

유나와 같이 나에게 종속된 존재였다.

"바깥의 시간 흐름은 어떻게 됐지?"

"3개월 남짓이었지만 메히치의 초기 가속이 적용되어 9개월이 지난 상태입니다."

예상 범주 안에 있는 시간이었다.

"내게 따로 이야기할 사안은 없고?"

"현실 세계는 언제나와 같습니다. 이블린과 이한나가

주인님의 늦은 복귀를 걱정했지만, 강유나가 주인님의 시간과 천공수의 이야기를 전해주어 걱정을 덜했지요. 오히려 문제는 new century 쪽에서 있었습니다."

"무슨 일이었지?"

"에일락 반테스. 주인님의 아바타가 독자적인 행보를 걷고 있습니다. 옛 부하들을 일으키고 제국과의 전쟁을 비롯하여 파문을 일으켰습니다."

"그라면 관계없지."

에일락 반테스에게 접속할까 하다가 미루어두었다. 그가 어떤 인물인지 세상 누구보다 내가 잘 알았다. 내 가족이 어떤 행동을 할지라도 서로 믿는 신뢰만큼이나 에일락 반테스의 인품과 성격에 대한 나의 믿음은 공고했다.

그가 한 일에는 다 이유가 있을 터. 한나에게 따끔하게 들은 내용대로 나는 지금 내가 하기로 한 천공수를 매듭짓는 데 주력하기로 하였다. 그즈음 가만있던 나의 일그러진 륜이 날카로운 회전을 보였다.

메히치의 능력이 발현되듯이 나라는 몸을 매개로 하여 문이 개방된 것. 강유나의 기술이었다. 룰을 비틀고 간섭한다는 일그러진 륜의 효과를 제대로 이용하는 셈이다.

"2층에서 마중하자."

"신전 방어는 잠시 두어도 괜찮겠습니까?"

"그 안에 끝날 테고, 조짐을 느끼고 와도 언제든 가능하다."

당장 신전을 나온 뒤 유나의 호출에 맞춰 일그러진 륜의 마력을 그대로 풀어놓았다. 곧 내 앞으로 여닫이문 하나가 허공에서 불쑥 나타났다.

문이 열리곤 허공에 녹아들 듯 사라진 저편으로 기다리던 두 사람이 모습을 나타냈다. 곤바로스의 책이라는 유물을 든 유나의 본체와 사시사철 한결같은 모습의 이용택 관장이 소나무처럼 서 있었다.

'관장님이 작게 보이는데, 착각인가?'

다만, 둘의 크기가 매우 상반됐다. 전투를 참작해서인지 유물의 힘을 이끌어낸 유나는 강대한 힘만큼 그릇 역시 커서 나 못잖은 신장을 자랑했다.

그러다 보니 건장한 일반인의 신장인 이용택 관장이 작게 여겨질 따름이었다.

그리고 그 사실에 매우 놀랐다. 허허롭고 존재감 자체가 흐릿하게 느껴진다는 건 이용택 관장의 강렬함과는 사뭇 대비되는 표현 아니던가.

고개 숙여 인사하자 그가 됐다며 손을 위아래로 흔들었다.

"타이밍이 좋았어요. 바로 좌표점이 나타났거든요. 관장님께는 사정 설명을 모두 드렸답니다."

유나의 말에 생경하기 그지없는 천공수라는 공간을 보며 지형과 마력의 차이를 두루 훑던 이용택 관장이 말했다.

"네 여인은 한결같군. 부담 주지 않고 미안해하지 않게 하려고 말이지. 다 네가 물러서 그런 거다."

"오시는 데 불편함이 있었나 보군요?"

"대중교통으로 치면 잠깐 사이에 환승을 열 번은 한 셈이다. 빨리 와야 한다고 어찌나 채근하던지, 놀라울 따름이었어. 귀가 따갑기는 정말 오랜만이었거든."

유나가 이용택 관장의 말에 샐쭉한 눈으로 흘겨보았다.

뒤이어 그녀가 삭삭 두 손을 비비곤 입술에 검지를 가져다 대는데 이용택 관장이 '생각해 보고' 하는 듯 시큰둥한 모습으로 대응했다.

오가는 친숙한 눈빛 교환을 보니 확실히 내가 오래 2

층에 머물렀음이 분명하다. 예전의 저 둘의 모습은 지금보다 훨씬 낯설고 어색했었다.

괜스레 나도 미소가 지어졌다. 그런 내게 다가온 이용택 관장이 내 팔을 턱턱 두드리며 말했다.

"잘해줘라."

"예?"

본래는 어깨를 두드릴 요량인 듯했지만 괴수 급으로 거대한 나인지라 손을 높이 추켜올려야 해서 그런 모양새였다. 그러나 전혀 개의치 않고 정말 드문 생동감 있는 웃음을 보였다.

"역시 내 딸은 어디를 봐도 괜찮더구나. 미래에도 착한 데다가 아비 말도 잘 듣고. 아주 흥미로운 선물이었어."

뒤이어 몸을 돌리곤 휘적휘적 앞서서 걸었다. 자연스레 내가 뒤를 따르고 그런 내 옆으로 월향과 유나가 함께하였다.

싹둑 자른 머리칼에 익숙한 도복 차림을 한 이용택 관장과 현실 능력자들의 강화복을 입고 그 위에 대학 새내기처럼, 일전 공항에서처럼, 흰 티셔츠와 청바지만 입은 유나. 흑표범의 포효라는 처음 준 옷 스타일을 거듭 개

량해서 입는 월향까지다.

일행 중 가장 작지만 3층으로 거침없이 모두를 이끄는 이는 단연 이용택 관장이었다.

"해후는 집에서 모두와 함께하자꾸나. 네 아내가 어찌나 신신당부하는지 이리 지체할 시간이 없다. 왜 불렀어야 할 이름을 빼먹었는지 원."

"이블린이 천공수를 감당하기엔 많이 위험하다고 판단했습니다."

"그건 네 생각이지. 어째 제 여자들한테만 가면 머리가 돌처럼 굳어버리는지 모르겠군. 상현아, 이참에 편견을 부수는 것도 좋을 성싶다."

혀를 찬 그가 단박에 주먹을 올려쳤다. 미풍이 이는가 싶더니 뇌성벽력이 운 듯 쩌르릉 하며 천장에 깊은 구멍이 휑하니 뚫렸다.

쩍쩍 균열이 가며 떨어지는 돌 더미들이 유나의 손짓에 하늘로 잇는 계단을 구성하였다. 그리고 이들 모두 질풍의 보법으로 단박에 위로 올랐다. 방심했던 내가 따라잡자 유나가 말했다.

"언니도 이쯤은 해요. 권법이 아닌 궁술을 쓰지만요."

"그 짧은 시간에 격을 벌써 이뤘다고?"

"상현 님은 전부를 공유한다는 걸 너무 쉽게 생각하세요."

귓가에 대고 속삭이던 유나가 잘근 내 귀를 깨물었다. 이에 옆을 보노라니 월향이 어느새 그녀를 밀어냈다. 단호하게 고개를 가로젓는데 그런 월향을 보고 유나가 혀를 쏙 내밀었다.

"제약도 있으니 이번에는 제게 맡겨주십시오."

묵직한 수갑과 쇳덩이를 붙여서 든 월향에게 이쯤 되니 묻지 않을 수 없었다.

"현실에서 정말 별일이 없었던 게 맞기는 한 거냐?"

"균형을 흩트리는 일. 주인님께서 걱정하시는 일은 분명히 없었습니다. 단지 뒤처진 이들이 유희 기간 동안 노력을 했을 따름입니다. 그 재료는 모두가 주인님의 신전에 기록된 것들이었고요."

"아무리 그렇다고 해도……."

지나치게 빠르다고 하려다 말을 삼갔다. 내가 에일락 반테스를 통해 단번에 성취했거늘, 이들 역시 그러지 말란 법이 어디 있으랴. 기본 바탕이 더욱 뛰어난 것을.

헛헛한 웃음만 거듭 나올 따름이다.

"길이 막혔구나, 유나야."

"네. 방금 키를 만들었어요, 관장님."

그녀가 내 귀를 깨물며 살짝 베어 문 핏방울을 책에 떨어뜨렸다. 곧 촤르륵 소리를 내며 페이지가 넘어가더니 스르르 흩어지는가 싶던 유나는 별자리처럼 무너진 천장 너머의 어둑한 공간에 자리했다.

베틀 짜는 여인처럼, 바느질하며 옷을 기우는 아낙처럼 그녀가 새카만 공간의 조각을 잇고 엮었다. 바깥쪽에 꿈틀거리는 무저갱과도 같은 공간 가운데 유나가 만든 문이 자리했다.

그곳을 통해 우리는 천공수 3층에 도착했다.

"곤바로스의 사도라는 단서. 상현 님의 방패 문양과 연관을 지으면 나타나는 사도는 하나로 좁혀져요. 9겁 륜의 3좌. 반격의 사도, 루–타훔입니다."

공간이 알루미늄으로 만든 듯한 은백색의 드넓은 대전을 보였다. 좌우로 쭉 뻗은 기둥을 비롯하여 눈이 부실 만큼 흰빛을 발산하는 그곳은 풀 플레이트 메일을 비롯한 갑주와 중세의 궁을 연상케 하는 무기들과 갑주가 장식된 곳이었다.

중심에 무덤처럼 쌓인 은백색 시체들이 쌓여 있었는데, 그 정상에 거대한 칼을 꽂고 있는 이는 헐벗다시피

맨몸에 가죽옷을 두른 야만인이었다.

인간이라기보다는 사자라는 표현이 어울리는 그는 왕관을 쓴 마지막 시체의 목덜미를 물어뜯은 모습으로 석고상처럼 멈춰선 상태였다.

"낯선 이름은 아니군. 반탄과 반격의 정점이라면 괜찮은 맞수가 될 테지."

일행의 걸음걸이가 반향을 일으키며 부딪쳤다. 작은 진동이 퍼지고 울리며 더욱 증폭하더니 대전 전체를 한 차례 흔들었다.

무기가 절로 떠올랐다. 갑주와 투구 속에서 시린 안광이 비치더니 침입자를 배제하려는 수호자들처럼 일행을 가로막았다. 거침없이 앞서 나가던 이용택 관장이 뒤를 흘끔 보았다.

"네가 해보거라."

당연한 일이라 생각하고 나서는데 마뜩찮은 기색으로 월향이 이용택 관장을 노려보았다.

"내게 지시할 수 있는 이는 오직 한 분뿐이다."

"그때 한 번 졌지 않더냐? 조건으로 내 지시에 한 번은 따르기로 했던 거 같은데?"

"내 약속보단 주인님의 명이 최우선이다. 주인님이 계

시지 않은 자리에서라면 지키도록 하겠다."

이용택 관장이 앞을 보았다.

"나보단 상현이에게 보여주려고 여러모로 준비한 게 있던 거 같은데, 자존심 세우다간 기회조차 잃는 법이다."

움찔하는 월향을 보고 그가 묘한 웃음을 지었다. 내가 잘못 본 것이 아니라면 약을 올리고 재롱을 보며 즐기는 모습이 분명했다.

"하면 3층은 내가 다 처리하지."

그의 무릎이 슬쩍 굽혀졌다. 이후 펴짐과 동시에 은백색 기둥을 포함한 대전 전체가 쩍쩍 균열이 갔다. 높이 도약하는 것만으로 충격파를 일으킨 그가 수직으로 하강했다.

공기가 층층이 나뉘어 물결치듯 출렁였다. 추락 속도가 점점 더뎌지더니 질긴 천을 밟은 듯하던 이용택 관장이 발을 세게 굴렀다. 곧 보이지 않는 천장이 대전 전체를 압살시켰다.

예리하게 번뜩이던 칼날이 부러지고 눌려서 붙었다. 저며져서 땅에 눅진하게 붙은 장식들 사이로 그가 손가락을 튕겼다.

"와라."

그 말에 호응하듯 지층처럼 굳은 땅에 파묻혔던 루-
타훔이 솟구쳐 나타났다.

루-타훔이 큰 포효를 내지르자 근접했던 이용택 관장
의 주변이 움푹 꺼지며 구덩이가 깊게 파였다. 실제로
음의 파형과 파동이 용의 숨결처럼 뿜어져 이용택 관장
주변에 소용돌이 형태의 고랑을 만들었다.

버티던 이용택 관장이 장력을 때렸다. 조금 전의 상황
이 역전된 듯, 이용택 관장이 막고 루-타훔이 찍어누르
는 상황이었다.

무너지는 천장을 들어 올리는 기세로 대수인이 음파를
밀어냈다. 이윽고 폭우를 막아선 활짝 편 우산이 확 접
히며 창처럼 쏘아졌다. 장(掌)에서 권(拳)으로의 전환이
다.

일점집중의 권이 루-타훔에게 작렬하는 순간, 누군가
에게 세차게 후려 맞은 듯 삽시간에 이용택 관장의 머리
가 뚝 부러질 기세로 꺾였다. 반탄이었다.

"공간 왜곡에 좌표가 방금 일체화됐었어요."

유나가 음향 패턴을 시각화하여 이용택 관장과 루-타

홈 사이의 일을 재연출했다. 타격의 순간, 접점이 동일시되었고 이는 3층의 구조와 맞닿아 있었다.

즉, 이곳 역시 하나의 신전이며 그 주인이 루—타홈이라는 의미. 지금의 경우로 추산하면 루—타홈에게는 어떤 형태의 공격도 무용했다.

"힘을 합친다손 쳐도 모두 되돌아오겠군요."

2층의 메히치와 달리 그는 자신의 권능과 힘을 누구보다 잘 사용하는 사도. 이건 결코 만만한 적이 아니다. 반면 유나는 가능성을 자신했다.

"성역과 천공수는 완벽히 일치하지 않아요. 좌표상의 얼개를 그려보면, 허상 공간이 드러나게 마련이죠. 우선 거점을 확보하고."

유나가 3층의 위상을 분리했다. 루—타홈이 눈치채지 못할 만큼의 작은 간섭이다.

"대략 흐름이 보이네요. 동시 좌표를 선점하고 교란하면 충분히 가능해요. 핀 포인트까지는 관장님이 시간을 벌어주시니 충분히 찾을 수 있죠. 언제 들어갈까요?"

"당장은 지켜보는 게 좋겠습니다. 그보다 문제인 건, 우리가 끼어드는 걸 저분이 원치 않으리라는 사실이지요."

죽는다 할지라도 그는 전혀 개의치 않을 인물이었다.

"실전과 대결에 대해 그가 주인님께 말했던 것을 알고 있습니다."

"무술과 무도의 차이를 말하는 거구나."

상대를 무력화하고 이기며 생존하는 것이 최고의 가치이니만큼 비열과 비겁이란 단어는 실전에서 없는 것과 진배없다.

루-타홈을 처리하는 데 괜히 구경하고 관람할 이유가 없다는 월향의 이야기다. 하지만 상황이 그때와는 조금 달랐다. 내가 메히치를 통해 그린 미래의 한나로부터 메시지를 들었다.

"무(武)의 격(格)을 논하는 데에는 그 미련함이 필수나 마찬가지다. 그렇기에 우리가 지금 함께 천공수를 오르고 있는 것 아니더냐."

"이용택의 싸움만큼이나 그의 죽음 역시도 그의 선택일 겁니다. 주인님께서는 지켜만 보시면 된다고 생각합니다."

월향을 다시 보았다. 내가 아는 순종적이고 강인하기만 한 그녀와 달리 적대감을 분명히 보이는 기색이 역력했다.

아무래도 이용택 관장과의 만남은 월향에게 매우 좋지 않은 기억으로 자리 잡은 것이 분명해 보였다.

시기? 질투? 경계심? 무엇이라 해도 좋은 감정의 급락이다. 그 모습이 매우 기꺼웠다. 오직 하나의 모습만 내게 보이던 월향이 제법 인간답게 느껴지는 까닭이다.

"월향아, 넌 그가 용인할 만큼의 도움이 어느 정도라고 생각하지?"

"이 자리에 있는 것만으로 충분할 것입니다."

실로 정확한 이야기였다. 맞다, 굳이 참여하지 않아도 이곳에 우리가 있다는 것. 그것만으로도 이용택 관장에겐 안전지대가 생성된 것이나 다를 바 없다.

루-타홈 역시 신경 쓰지 않을 수가 없으니 함께 있다는 것 자체가 분명한 도움이었다. 뒤이어 월향이 아쉽다는 듯 말했다.

"그리고 그가 죽을 것이라는 그림이 그려지지가 않습니다."

냉소적인 말투지만 왠지 작은 걱정의 기색이 느껴지는 건 내 착각일지 모르겠다. 유나 역시 소리 없이 웃으며 말했다.

"혹시 모르니까 대비는 해둘게요. 만의 하나라는 것도

존재하긴 하니까요."

그즈음 뜻밖의 반탄으로 루-타훔의 능력을 간파한 이용택 관장이 무공을 바꿨다. 일전 신진권 퇴치 시의 원거리 포격처럼 온몸으로 광검을 두른 뒤, 전광석화라는 말 그대로 삽시간에 팔방을 점령.

수십 개의 분신과 환영을 생성하며 인류 무공의 총화를 단번에 토해냈다.

사각이 존재하는지 확인함과 동시에 루-타훔의 반탄 능력이 어떤 방식의 과정으로 발휘되는지 여실하게 볼 수 있도록 강약과 속도, 부드러움과 둔함이 두루 어우러져 있었다.

이에 대처하는 루-타훔의 움직임은 실로 단순했다. 가만있는 것. 단지 그것만으로 다채롭고 빠르며 강력하고 유연한 모든 무공이 그대로 되돌려졌다.

저것이 권능이다. 이유가 없다. 원리도 없었다. 모두 튕겨 나오고 모조리 돌아갔다. 물리력은 물론, 뜨겁고 차가운 음양의 기운조차 고스란히 제 주인을 해하려 들 뿐이니 감히 상대할 방도가 없었다.

'해법은 둘.'

하나는 초근접전이라는 말이 무색하리만큼의 밀착 상

태로 적을 쓰러뜨리는 것. 다른 하나는 유나의 언급대로 공간좌표를 역이용하는 거였다.

여기에 유나가 하나를 덧붙였다.

"힘으로 권능을 부술 수 있어요."

"존재하는 법칙을 어떻게 파괴할 수 있겠습니까?"

"상현 씨는 가능하죠. 메히치의 공간을 현신하는 것으로 없앨 수 있었잖아요? 법력 말이죠."

그녀가 분석을 마친 책을 덮으며 말했다.

"상현 씨를 호적수로 보는 관장님인 만큼, 법력에 준하는 파괴력으로 해결하려 들 거예요. 이번 싸움은 아주 터프하겠네요."

유나의 말이 무섭게 거리를 두고 보법과 분신으로 고속 이동을 하며 장력을 때리던 이용택 관장이 루-타훔에게 그대로 달려들었다.

폭발하는 공력을 오롯이 튕겨내던 루-타훔이 어깨를 부딪쳐 오는 이용택 관장에게 밀려 그대로 땅에 추락했다. 이후론 두 개의 유성이 땅을 긁고 벽을 훑으며 미친 듯이 3층을 빙빙 도는 양상이 펼쳐졌다.

첫 번째 해법대로 두 개의 뇌광이 충돌하며 서로 유효타를 먹이는 상황이었다.

'하긴, 파괴력으로 승부수를 보였다간 반탄으로 소멸할 수 있다. 그렇게 무모한 짓을 하실 리가 없지.'

유나의 예측이 어긋나고 정공법으로 상대한다손 싶은 그때, 갑작스레 차분히 루-타훔의 몸을 겉에서부터 깎아내던 이용택 관장이 돌연 훌쩍 물러섰다.

연이어 널브러졌던 루-타훔의 몸에 쩍쩍 균열이 갔다.

저 홀로 흉부가 팽창하고 텅 튕기더니만 공중에 떠올라서는 내부로부터 불길을 뿜어대며 피부 껍질들이 폭탄처럼 터져 버렸다.

그 속에서 금속을 녹여 만든 듯한 은백색의 매끈한 인형이 눈을 떴다. 머리칼은 물론, 눈썹을 비롯한 체모는 존재하지 않았다.

성별은 남성이었지만 몸의 굴곡만 그러할 뿐 성기가 있어야 할 자리는 매끄럽게 처리되어 있었다. 혈관처럼 그어진 검은 실선에 다이아몬드처럼 박힌 보석으로 빛을 반사하는 그는 미래형의 로봇과도 같고 정교하게 만든 수공예품 인형과도 흡사했다.

"아둔하고 어리석은 자로구나. 나를 얽매던 봉인을 스스로 깨뜨리다니."

"껍데기일 뿐인 사도를 쓰러뜨려 봐야 아무런 의미가 없지. 사고(思考)조차 불가능한 저능아를 이겨 무엇 하겠는가."

"그래, 고맙구나. 네 자만과 오만함이 고마워."

이용택 관장 너머의 우리를 본 그가 허탈하게 읊조렸다.

"나의 주(主)께서 벌인 최후의 도박은 실패로 끝났나 보군. 하긴, 섭리가 얄팍한 수를 용납할 리 있으랴."

시선이 하나씩 마주하더니 유나와 그녀의 책에 머물렀다.

"홀로 있어야 할 욕망의 탑에 무려 네 명이나 존재한다니. 나의 주(主)께서 끝내 승격을 이루긴 하셨군그래. 소멸을 대가로 비틀린 섭리만 남긴 했지만. 게다가 그대는⋯ 흐하하하! 귀엽군. 아주 귀여워. 그대도 제법 풋풋하기는 했군그래."

"나를 아나요?"

"알다마다. 대적자를 잊는 사도가 어디 있겠는가. 게다가 융켈, 자네도 참으로 꼴이 말이 아니게 됐어. 어쩌다 그 몰골이 됐나 모르겠군."

아련한 추억에 잠긴 듯한 루−타훔이 고개를 주억였

다. 존재하지 않는 융켈이 마치 우리 중에 있다는 것처럼 이야기하는 루-타훔의 반응에 유나가 환한 웃음을 지었다.

"아무래도 당신한테 들을 이야기가 많을 듯하네요. 루두무라스의 뜻대로라면 당신은 우리에게 정보를 전달해 줄 책임도 있고요."

루-타훔이 크게 웃었다.

"내 목을 잘랐다면… 그래, 그대들이 원한 이야기가 발발 원인이었군. 이 이야기를 들을 수 있었을 테지. 그러나 이 어리석은 자 덕분에 탑의 귀속이 약해진 상태다. 보통이라면 나는 진실과 함께 신위를 헌납했어야 할 터지만, 지금은 아니지. 사도는 신위 그 자체거든."

"조금 전의 당신은 뭐였나요?"

"회귀를 통해 섭리로부터 제약을 받은 망자(亡者)다. 나의 주(主)께서는 소멸하셨으며, 우리 사도들은 탑의 죄수가 되었지. 영원히 신위를 수호하며 착취당하는 거였어. 조금 전의 나를 물었나? 후후. 심장을 배 밖으로 내민 채 너희와 싸우던 상태나 마찬가지였다."

그가 나를 가리켰다.

"모힘트라의 억제구로군. 네가 탑의 도전자이며, 비틀

린 섭리를 거머쥔 행운아로구나. 그 무게가 감당하기 어렵더냐? 이토록 많은 동료를 부른 것을 보니 네 수준을 알 만하구나. 하나, 도전자의 제약보다 더욱 강력한 것이 종속된 죄수의 죄악이다."

조금 전의 그 육체가 그만큼 약점투성이였다는 이야기를 하는 루-타훔에게 유나가 비웃으며 대꾸했다.

"지금 말이 많은 건 당신이 상현 씨한테서 저 힘을 빼앗을 자신이 있다는 건가요?"

루-타훔이 유나를 조소했다.

"과거의 그대가 어찌 알랴, 진정한 사도의 힘을."

그는 있지도 않은 수염을 쓰다듬는 듯 턱을 어루만졌다.

"섭리는 참으로 강력하나 하나의 변수에도 터무니없는 취약점을 보이지. 모힘트라는 내부의 일에 간섭하지 않아. 고로, 너희는 내게 진정한 자유를 준 셈이다. 융켈, 그대에게도 자유를 주도록 하지. 조금만 기다리게나."

기쁨에 찬 그가 우리에게 걸음을 떼었다. 마치 앞에 있는 이용택 관장은 전혀 신경 쓸 필요도 없다는 양 빗겨간 것.

대놓고 무시당한 그가 고개를 설레설레 저었다. 돌아서 가는 그의 어깨에 손을 짚은 뒤 바로 힘을 주었다.

"내가 잘못했다. 이토록 수다스러운 놈인 줄 알았다면 그냥 처리했을 것을."

꽉 찍어 누르며 희끗희끗한 그의 신형이 단박에 루-타훔의 몸에 맞닿았다.

거암(巨巖)이 충돌하는 듯한 몸통 박치기가 루-타훔을 두드리는 찰나, 번쩍이는 섬광이 네 차례 터지며 이용택 관장이 땅바닥에 깊이 처박혔다.

손이 튕기고 이용택 관장의 가슴이 오목하게 파이더니만 루-타훔의 손이 그의 얼굴을 부여잡고 그대로 땅에 찍어버린 거였다.

인지를 넘어서는 신속의 공격. 실로 빠르고 강력했다.

"인간 따위가 나대지 마라."

잘못 본 것이 아니라면, 조금 전에 그는 밀착 상태에서도 완전한 반탄에 증폭된 공격력으로 고스란히 이용택 관장을 땅에 뭉갰었다.

지금도 일체화됐었느냐고 물으니 유나가 미미하게 고개를 끄덕였다.

'완벽한 저항이라.'

잠시 생각하는 사이, 루–타홈의 팔 쪽 다이아몬드가 빛을 번뜩였다. 그의 검은 핏줄로 섬광이 연거푸 울리더니 떵떵거리며 반경 20미터가 그대로 세 차례 주저앉았다. 완전히 가루로 만들어 버릴 기세였다.

그즈음 아롱진 오색의 결정체가 이슬처럼 떠올랐다. 반짝이는 빛 방울이 어우러지며 이룬 궁극의 색은 칠흑 같은 어둠과 음영 진 손이었다.

이를 본 루–타홈이 즉각 높이 도약하였다. 찰나에 그가 머물렀던 공간이 꽉 조여지며 그대로 뜯겼다.

괴이한 틈의 경계가 봉합되며 다시금 아물었지만, 흉터가 나아도 본래의 매끄러운 피부로 돌아가지 못하는 것처럼 아문 공간의 결이 그 흠을 여실하게 보이는 상태였다.

"이거 꼴이 말이 아니로군."

파묻힌 채로 왼손만 들어 잡아챈 상태의 이용택 관장이 몸을 일으켰다. 딱딱하게 굳은 시체가 일어나듯 일자로 몸을 일으킨 이용택 관장이 주먹을 꽉 쥐었다가 손을 폈다.

흙먼지 뽀얗게 묻고 상의가 찢어진 그는 한 점의 흔들림도 없는 고요한 시선을 위에 던졌다.

순간 어느 때고 조소를 보이던 루-타홈이 경직된 시선으로 이용택 관장을 보았다.

"네놈, 그년과 무슨 관계지?"

"혓바닥이 반 토막이니 알 도리가 있나."

"이한나, 그년을 아나?"

분노로 치를 떠는 그의 일갈에 이용택 관장이 내게 말했다.

"딸아이가 이토록 유명하니 아비로서 어찌 생각해야 할는지 모르겠구나. 상현아, 이쯤이니 네게는 턱도 없을 만큼 아깝단 생각이 드는데 어떠하냐?"

"처음부터 그리 생각하고 있었습니다."

"그렇고말고."

유유하게 흐르는 분위기에 위쪽에서 루-타홈이 손을 뻗었다.

"그년의 아비? 그럴 리가, 분명히 죽은 지 오래였을 텐데…. 아, 그랬었군. 지금은 과거지. 흐흐. 터무니없구나, 실로 터무니없어. 산 자가 죽고, 죽은 자가 살아났다니."

유나가 눈을 빛냈다.

"곤바로스가 소멸한 대신 한나의 아버님이 생존했다

는 거군요? 관장님 정도의 분이 왜 돌아가신 거죠?"

"그 대답은 지금 보여주마."

땅속에서부터 깊은 울림이 일더니 거대한 칼이 승천하는 용처럼 날아들었다. 손에 칼을 거머쥔 루-타훔은 떨어져 내리는 기세 그대로 천지를 양단하듯 공간을 수직으로 갈랐다.

번뜩이는 광채도, 무시무시한 기세도 없이 칼의 그림자가 순식간에 확대되어 이용택 관장을 쪼개려 들었다.

극패(極敗)와는 또 다른 방향의 극의였다.

'이미 쪼개졌다.'

착각이 아니었다. 의지로 타점을 찍고 뻗음과 동시에 타격하는 일점집중의 권(拳)도, 투로를 통해 의지를 제압하는 살의(殺意)와도 달랐다.

루-타훔의 칼은 이미 휘둘러져서 이용택 관장을 가른 상태였다.

그가 견고한 자신의 경계를 세우지 못한 이였다면 이미 정수리부터 사타구니까지 마른 장작이 도끼에 쪼개지듯 두 쪽으로 나뉘었을 터.

이건 이미 베였노라는 예언과 그 운명을 비틀려는 저항의 몸짓이었다. 법칙에 다가선 극의이니 능히 권능이라 할 만하다.

이에 대처하는 이용택 관장은 처음 유나의 예상과 같았다. 힘으로 응수한 것.

순식간에 두 눈을 멀게 할 것만 같은 섬광이 일었다. 거머쥔 양손에 오색 광채와 황금색 번개로 권갑을 생성한 이용택 관장이 황금의 팔로 루−타홈의 칼을 막았고 오색 광채는 그대로 융합해 파멸적인 힘으로 루−타홈의 몸을 박살 내려 했다.

폭마탄강이었다. 월향이 우주에서 거대 비행체를 박살 냈다는 기술이 루−타홈에게 작렬했다. 그리고 눈 깜빡할 사이에 이용택 관장이 텅텅 소리를 내며 튕겨 날아갔다.

벽에 쩍 균열이 날 만큼 사지를 뻗은 채 처박힌 그는 왈칵 피를 뱉어내곤 고개를 좌우로 꺾었다.

팔과 다리를 뽑아낸 그의 몸을 따라서 옷이 바작바작 부서졌다.

"이래서 반격의 사도였던가. 과연, 과연."

왼쪽 팔은 뼈가 보일 만큼 깊이 베어 피를 철철 쏟아내는 상태. 공격한 폭마탄강의 파괴력은 오히려 이용택 관장 본인에게 돌아왔다. 그러나 루−타홈 역시 완벽하게 튕겨내진 못했다.

만약 그러했다면 이용택 관장의 몰골은 더욱 말이 아
니게 되었을 것이다. 더불어 루–타홈 본인도 그 자리를
고수했으리라.

분산된 힘과 여진으로 3층의 태반이 허물어지고 피어
오른 흙먼지로 시야가 불분명해진 상태였다. 그즈음 삐
쭉 나서듯이 월향이 말했다.

"도와줄까? 제법 세 보이는데."

"아직 내겐 남은 힘이 있다."

물었던 것이 거짓말이라는 듯 '그러던지.' 하며 월향
이 아예 루–타홈만 보았다. 그러는 채로 또다시 툭 내
뱉었다.

"내게 알려준 것보다 세 배는 강하던데."

"네가 내 제자도 아닌데 모두 전수할 리가 없잖느냐.
왜, 관심이 있나 보지? 너라면 지금도 받아줄 용의가 있
다만."

"주인님의 힘만으로도 충분해."

"상현이의 것은 너 같은 평범한 녀석이 익힐 수 없지.
네게는 내 무공이 더 맞다."

"그런 몰골로 그런 말이 나오다니, 뻔뻔하다고 생각하

진 않나?"

"정말이지 말 안 듣는 녀석이로군. 이것아, 죽이지 않고 잡는 게 쉬운 일인 줄 아느냐."

"그러게 왜 봉인은 풀어서 그래?"

나는 눈을 껌뻑이며 유나를 보았다. 언제부터 저런 사이가 됐느냐고 물으니 그녀가 뺨을 긁으며 묘한 웃음을 지었다. 이건 부녀간의 사랑은 돈독하지만, 짐짓 말 안 듣는 척하는 사춘기 딸과 아빠의 대화 같았다.

"누가 그러는데, 아끼다간 기회도 잃는 법이라더군."

"딸아이 반만큼만 귀여웠으면 참 좋았을 것을."

"세 개면 충분하지 싶다."

월향의 말에 너털웃음을 짓는 이용택 관장이었다. 뒤이어 그의 몸 깊숙이에서 크리스털 잔이 깨지는 듯 영롱한 소리가 울렸다.

하나가 들리니 머리칼이 쭈뼛 설 만큼 묵직한 마력이 봇물 터지듯 퍼져 나왔다.

둘이 깨어지자 오로라가 펼쳐지듯 대기가 공명하며 세 개째가 깨지자 이용택 관장의 몸 위로 겹겹이 빛이 내려앉았다.

어떻게 된 것이냐는 듯 보자 유나가 작게 '내단'이라

고 대답했다.

"형성한 소우주를 쓰고 계시네요. 저보고 정해보라시기에 여의측단공(如意側團公)이라 이름 붙여 드렸죠. 폭발력이 실로 어마어마해요."

그녀는 슬쩍 월향을 가리켰다.

"3단 공이라면 사실상 통제 가능한 전력이에요. 그만큼 해제하기를 권하는 거 보면 생각보다 속이 많이 상했나 봐요."

무표정한 월향이 슬쩍 눈동자만 돌려서 유나를 보고는 나와 마주치자 앞을 보았다.

"반대로 루-타훔이 그만큼 강력하다는 뜻도 될 겁니다."

"두말할 나위 없죠. 관장님 몸에서 피를 봤는걸요."

이용택 관장은 호신강기라 불리는 광막으로 얇은 천 옷을 수십 겹 입은 양 감싼 뒤 가볍게, 어떤 무공의 기색도 없는 막 주먹을 내밀었다.

동시에 루-타훔의 몸 뒤로 충격파가 터졌다. 그리고 공격한 이용택 관장의 등 쪽 광막이 출렁였다. 자신의 공격력을 한참 웃돌 만큼 방어력을 높였음을 보여준 것이다.

다음엔 제대로 권을 뻗었다. 루-타홈의 몸에 범종을 때린 듯 깊고 둔한 울림이 쭉 뻗어나가더니 그가 세차게 칼을 휘둘렀다. 응집된 파괴력을 고스란히 실어 우리에게 휘두른 것.

다른 손으로 대수인을 펼쳐 막아낸 이용택 관장이 크게 물러섰다. 그러나 정작 얼굴이 굳은 것은 루-타홈이었다.

"세 개는 과했다, 이것아."

"하지만 맞는 것보단 낫지."

뚝 잘라 말하는 월향을 보고 그가 내게 말했다.

"네 여자는 하나같이 솔직하지가 않구나. 걱정된다면 걱정된다고 표현하면 될 것을."

"헛소리!"

"그래, 무기명 제자를 위해 내가 힘 좀 쓰마. 다 보거든 말해라."

이를 끝으로 루-타홈과의 3차 접전이 시작됐다. 내단을 쓴 이용택 관장의 몸은 실제로 강화의 효과도 있는지 내 시력으로조차 쫓지 못했다.

여기에 무공이 더해지니 실로 전면에 가득 회오리치는 유성이 현신한 셈이었다.

경악이 절로 나오는 파상공세를 한 자루의 칼로 모조리 쳐내며 대등하게 겨루는 루-타홈의 실력도 무의 극단에 있었기는 매한가지였다.

홀로 올랐을 때를 생각하면 과연 저자를 어찌 상대할지 내 머릿속도 핑핑 돌았다. 아무래도 디칼립스 때처럼 유나의 도움을 받고 합일했어야 그나마 승산이 있지 않았을까.

"저 정도면 얼마만큼의 공력입니까?"

"일반 능력자 기준으로 쳤을 때, 개당 300년 정도 수련하면 쌓을 수 있는 마력이죠. 이론상으로만 가능하지만."

"거진 천 년 공력이군요."

"양이야 의미 없죠. 중요한 건 저 마력은 오직 관장님만의 우주를 강화한다는 거예요."

"그래도 주인님의 법력에는 미치지 못합니다."

어째 이용택 관장을 평하는 말이나 월향이 내게 했던 말이 비슷하게 들렸다. 즉, 월향 역시도 저 정도의 무공과 실력을 갖췄다는 뜻이었다.

"파악해 둔 좌표는 어떻게 됐습니까?"

"관장님이 일그러뜨리면서 다 혼재됐어요. 이건 저로

서도 계산하기 난해하네요."

여전히 태연자약한 태도로 그녀가 관람했다. 루-타훔을 낱낱이 분석하며 공방을 바로 시뮬레이션하고 면 전체에 가득 그의 칼과 반탄의 묘를 새기듯 뇌리에 찍고 복사했다.

"극의를 토대로 이룩한 루-타훔의 정점은 둘이에요. 권능으로 완성한 반탄과 스스로 이룩한 검이죠. 역설적이네요. 반격의 사도가 정작 스스로 이룬 격은 찰나를 가르는 신속의 검이라니."

"뒤바뀐 것 아닙니까?"

"반탄이 이뤄졌을 때 공간좌표가 동일시됐었으니까, 이건 일체화나 마찬가지예요. 반탄은 인공지능이자 오토 기능으로 보면 되죠. 골치 아플 뿐이지, 관장님이 곤란을 겪을 정도는 아니에요."

반대로 검에는 깊이가 있었다. 이따금 이용택 관장을 물러서게 하는 흉흉한 한 수를 보일 때면 그가 손을 뻗었고, 그때마다 공간이 잘리고 뜯기며 3층 곳곳에 검은 틈새를 드러내고 봉합되었다.

"저자를 보니 알겠어요. 자신의 펠마돈을 신이 이뤄줌으로써 종속된 존재가 사도들이에요. 보통은 이를 더 강화해서 권능 이상을 추구하는데, 루―타홈은 스스로 자기 존재의 극의가 아닌 검술을 추구함으로써 저만한 경지를 이룩한 거네요."

최강의 방패와 최상의 검을 지닌 반격의 사도. 더군다나 루―타홈에게서 느껴지는 기세만 봐도 근접전에서 그다지 밀릴 것 같지는 않았다.

질풍 같고, 산처럼 견고하더니 이따금 칼이 벼락처럼 번뜩였다. 그럴 때마다 피륙을 긁으며 이용택 관장의 몸에서 핏물이 배어 나왔다.

가속하는 검을 빗기고 막고 쳐내던 이용택 관장의 양손에 오색 광채가 품어졌다가 칠흑 같은 어둠이 온몸을 잠식했다.

가속하는 것을 일찍이 초월한 둘의 신형이 찰나간 서로 관통했다.

섬뜩한 검영(劍影)이 사위에 가득했다. 반대편에선 열 줄기의 손톱과 쭉 잡아서 찢는 음험한 존재의 손길이 허공을 쥐었다가 스러졌다.

천상의 신장이 루―타홈이라면 처절한 악마 같은 무공을 쓴 이가 이용택 관장이었다.

"저들을 의식하지만 않았어도, 패하지 않았을 텐데.

하긴, 이런 게 인과율이던가."

억울하다는 듯 우리를 쏘아본 그의 몸통이 휑하니 뚫리고 내부에서부터 잡아먹히듯 뭉텅뭉텅 사라졌다. 루-타훔의 칼이 바닥에 박혔다.

그의 심장을 거머쥔 이용택 관장이 은백색 근막 안에 맥동치는 신위의 보석을 손에서 굴렸다.

"인과율이 무슨 뜻이냐?"

"지난 미래에서 너는 가족을 지키다 죽었다. 그때 그녀까지 처리했었다면… 그러했다면 이리되지는 않았을 것을. 원통하구나."

서 있던 그의 몸을 검영이 수십 차례 난도질하더니 사라졌다.

깊이 몰아쉬는 숨으로 상처를 수복한 이용택 관장은 죽어가는 루-타훔의 머리에 발을 올렸다.

"나대지 마라."

쾅! 밟아준 그가 들고 있던 보석을 유나에게 건네주었다. 마치 물물교환을 하듯 유나로부터 여벌의 옷을 받은 그가 이를 입으며 말했다.

"말로 들을 것 없이 안에 정보가 다 있는 듯하더구나. 바로 정리하고 다음 층으로 가자."

"고생하셨습니다."

내 말에 그가 씁쓰레하게 웃었다.

"처음에 밝히지만 않았어도 이리 찝찝하지는 않았을 것을."

땅바닥에서 겪은 굴욕의 맛이 그로서는 꽤 앙금으로 남은 모습이었다.

11권에서 계속

스펙테이터

1판 1쇄 찍음 2015년 6월 2일
1판 1쇄 펴냄 2015년 6월 5일

지은이 | 약먹은인삼
펴낸이 | 정 필
펴낸곳 | 도서출판 **뿔미디어**

편집장 | 이재권
기획 · 편집 | 윤영상

출판등록 | 2002년 9월 11일 (제1081-1-132호)
주소 | 경기도 부천시 원미구 소향로 17(두성프라자) 303호 (우)420-864
전화 | 032)651-6513 / 팩스 032)651-6094
E-mail | bbulmedia@hanmail.net
홈페이지 | http://bbulmedia.com

값 8,000원

ISBN 979-11-315-6459-2 04810
ISBN 979-11-315-0000-2 04810 (세트)